女故里丛书·卷三

花诗集

主编 赵建铜 编

西安出版社

图书在版编目（CIP）数据

桃花诗集 / 和谷主编；赵建铜编. -- 西安：西安出版社, 2018.6（2021.4重印）
（孟姜女故里丛书）
ISBN 978-7-5541-3145-9

Ⅰ.①桃… Ⅱ.①和…②赵… Ⅲ.①诗集－中国－当代 Ⅳ.①I227

中国版本图书馆CIP数据核字(2018)第127732号

孟姜女故里丛书·桃花诗集
MENGJIANGNV GULI CONGSHU · TAOHUA SHIJI

主　　编：	和　谷
编　者：	赵建铜
策划统筹：	史鹏钊
责任编辑：	张增兰　乔文华
责任校对：	张爱林　王玉民
装帧设计：	纸尚图文设计
出版发行：	西安出版社
地　　址：	西安曲江新区雁南五路1868号影视演艺大厦11层
电　　话：	（029）85253740
邮政编码：	710061
印　　刷：	永清县晔盛亚胶印有限公司
开　　本：	880mm×1230mm　1/32
印　　张：	6.75
字　　数：	159千
版　　次：	2018年6月第1版
印　　次：	2021年4月第2次印刷
书　　号：	ISBN 978-7-5541-3145-9
定　　价：	42.00元

读者购书、书店添货或发现印装质量问题，请与本公司营销部联系、调换。
电话：（029）68206213　68206222（传真）

铜川市王益区人民政府　出品

目录

一　古原诗笺

003　七律四首（附友人诗一首）/ 和谷

005　词二首 / 郭平安

006　诗五首 / 靳贤孝

007　漆水不老 / 梁秀侠

009　梦江南·题孟姜女故里孟家原十二首 / 黄卫平

011　孟家原的桃花开了吗 / 刘平安

012　桃花情三首 / 朱文杰

014　书上桃花三首 / 刘新中

015　华原春叹四首 / 张延峰

016　姜女红 / 黄宏显

017　七律四首 / 孙绳照

018　姜女故里桃花吟 / 李月芳

020　孟家原二首 / 陈有仓

021　七绝三首 / 杨广林

021　孟家原桃花（外一首）/ 皇甫江

022　卜算子二首 / 郭文涛

023 放歌桃花 / 郭建民

024 桃花，生命之花 / 郭建民

024 忆秦娥·孟家原怀古十一首 / 赵建铜

027 我要回家看桃花 / 郭春晓

028 永恒之花 / 张惠妹

030 桃园诗话十二首 / 石民全

033 诗词三首 / 王子安

034 桃花依旧开（组诗）/ 剑熔

035 这个属于桃花妹妹的春天（外一首）/ 党剑

037 故乡春韵 / 王双云

038 孟家原的桃花开了（外一首）/ 雷养法

040 早春 / 刘晓景

二 灼灼其华

045 最关情的火焰 / 朱文杰

045 桃花仙子 / 王赵民

046 诗三首 / 张延峰

047 行走在桃园里 / 李月芳

049 为佳人盛开——孟家原桃花 / 高转屏

050 新村春景 / 王戈文

051 桃夭灼灼 / 王雯

052 贺桃花诗社 / 吴铜运

052 桃花的爱情 / 陈广建

053 词三首 / 董西学

054 咏桃（外一首）/ 赵奇立

055 赞桃花（外一首）/ 刘红玉

056 采桑子·仙葩（外一首）/ 耿超

057 桃花赋 / 赵小彦

057 妍丽 / 佘蓓

058 词二首【新韵】/ 杨捷

059 北方·城市·桃李 / 田国仓

059 三月桃花（外二首）/ 李婷

061 一路同行 / 李延军

062 花神会 / 党雁

062 桃花源·桃花潭 / 吴泽民

063 桃花诗四首 / 胡菊花

064 七绝·春桃吟 / 程良宝

065 桃花漫思 / 李艳蓉

067 桃花吟四首 / 苏军霞

068 孟姜红　梦里红（外一首）/ 何文朝

069 桃花辞（外一首）/ 李双霖

071 关于桃花 / 刘水萍

三　姜女幽魂

075 过哭泉梁 / 刘平安

075 哭泉 / 朱文杰

076 姜女泪 / 刘新中

077 三月雪 / 李月芳

078 千古传奇孟姜女 / 陈有仓

079 哭泉歌 / 郭建民

081 孟姜女的哭声 / 田成科　何蔷薇

083 九张机·孟姜女 / 董西学

084 孟姜女 / 杜战荣

085 孟姜女词 / 任迎霞

086 沁园春·咏孟姜女 / 赵奇立

087 孟姜女 / 秦凤岗

088　诗三首 / 张文艳

089　孟姜女哭长城（秦腔唱词）/ 吴阳旗

091　七律二首 / 谢华利

092　游孟姜女祠（外一首）/ 李双霖

093　想起了孟姜女 / 杨五贵

094　姜女泪　悠悠情 / 温晓艳

095　一剪梅·春游姜女祠二首 / 高雪艳

096　从孟姜女身边走过 / 李芳琴

097　孟姜女故里的桃花 / 贾笃拴

098　对孟姜女的记叙 / 宋毅军

099　哭泉感怀 / 王应波

100　翘盼桃花尽妖娆 / 张亚兰

101　孟姜女祠遐想 / 刘巧妮

102　孟原抒怀 / 薛源

102　孟姜女故里记事 / 张晓辉

103　桃夭灼灼宜君梁 / 赵建铜

104　姜女赋（外一首）/ 马红侠

104　归心似箭 / 王双云

105 孟姜女魂留千古 / 张晓玲

四　桃园情话

109 春来桃花满天涯 / 李月芳

110 断曲（外二首）/ 郑晓蒙

112 桃林情思 / 王双云

113 桃花结 / 高转屏

114 妻颂 / 邹亚中

115 第N次说到桃（外三首）/ 刘爱玲

117 生命之花 / 郭建民

117 桃花媚（外二首）/ 程亚平

119 春愁 / 姬铮铮

120 孟家原桃花 / 秦凤岗

121 诗三首 / 冯华

123 雨中桃花（外一首）/ 闫芳

124 情为何物 / 赵勃

125 花开成海等你来（外一首）/ 刘剑秋

126 水点桃花传情意 / 高建龙

126 我和桃花有个约定（外一首）/ 王宏利

128　春的使者 / 左右

130　桃花诗四首 / 刘巧妮

131　蕊的心事——桃花 / 心雪

132　爱情（外一首）/ 朱满长

133　桃和孟姜都是女子 / 韩文惠

134　我有一个小小的心愿（外一首）/ 朱元奇

136　桃花岛上的小哥哥 / 杨捷

137　故事 / 鲁剑虹

138　桃花姑娘 / 李芳琴

139　桃花 / 贺胜利

139　桃花 / 刘辉

140　行香子·咏桃花寄远 / 赵奇立

141　你我都会成为记忆——桃花自语 / 皇甫江

142　铜川黄堡孟家原巨桃产地春游记
　　　诗词二首 / 范载阳

143　桃花（外二首）/ 温晓艳

146　桃花诗歌五首 / 崔彦

147　寻梦桃花园 / 李志文

148　桃花，这不是你的错 / 朱元奇

149　一缕香风 / 刘俊巧

150　桃花依旧恋春风（藏头诗）/ 田建国

151　桃花三首 / 君明

152　桃花山 / 张宏伟

五　花映漆水

155　桃花吟四首 / 赵建铜

156　漆水从远古来 / 郭小丽

157　春之声 / 王可田

159　桃花又开 / 张续东

160　三月的风 / 孙玉桃

161　七律·桃花思 / 杨树屏

162　喜盈盈地你来了 / 姬铮铮

163　沉醉东风 / 贾春燕

164　青瓷幽魂四首 / 张惠妹

166　桃花诗词四首 / 苏君霞

168　桃花情（外一首）/ 胡淑花

169　听雨轩诗话 / 张延峰

170 七绝三首 / 皇甫江

171 漆水幽梦九首 / 董西学

173 青瓷牡丹（外三首）/ 赵小彦

175 春桃 / 张宏伟

176 山野桃花 / 白村

177 桃花雨 / 刘晓景

178 写意桃花源 / 朱元奇

179 桃花就是这样的 / 耿超

179 爱的风铃 / 王双云

180 清明又见菜花开 / 邵桂香

181 瓷瓶 / 姚强利

182 幽居金锁关 / 邹亚中

182 桃花五部曲 / 郝文成

184 三月的精灵 / 张爱斌

185 在这桃花盛开的山冈 / 戴曦

附 录

188 孟姜女 / 宋·张揆

188 姜女吟二首 / 宋·宋宗谔

009

189　题姜祠壁 / 明·杨巍

189　真烈祠 / 明·白镒

190　题姜女祠三首 / 明·李汝圭

191　过哭泉祠 / 明·王崇古

192　孟姜女祠歌 / 明·王世懋

192　题姜女祠二首 / 明·王图

193　过节妇孟姜祠记 / 明·古燕扬

194　题姜女祠 / 清·袁文观

194　过哭泉 / 田汉

195　民谣五首 / 佚名

201　后记

一 古原诗笺

东风一夜过山峦,
蓓蕾破轻寒。
报春桃夭娉婷舞,
欣欣然、花锦团团。
嫩柳千条金线,
明纱万树斑斓。

东君又醒孟家原,
熠熠丽人喧。
古风浩瀚幽思远,
秦腔吼、旷意情漫。
现代农村图画,
少男少女欢颜。

——调寄风入松 / 赵建铜

七律四首（附友人诗一首）

和　谷

癸巳二月初五应"黄帝传人"李延军之邀，跻身桃花诗会，赋诗四首，以示故里之情；附录少年同窗石民全一首和诗。

一　赏桃花

前年今日赏桃红，墨迹依然花海中。
兔龙已随时月去，金蛇狂舞借春风。
花红柳绿曾相识，迟暮朝阳皆不同。
归里方知尘世缘，桃园倍感路无穷。

二　桃夭亭

桃夭亭上看桃夭，粉白殷红哪个调？
突忽阵风旋即起，漫天彩蝶曼然飘。
衣襟转瞬斜晖浸，送目天涯志未凋。
归去来兮乡野里，花间耕读乐逍遥。

三　思故乡[①]

卧听风雨海涛声，梦见家山春树明[②]。
归去挂牵故里土，醒来怀念老人情。
南天春暖芭蕉绿，北地风和红粉盈。
铺纸不知怎落笔，挥毫却是碧桃行。

四　答友人

人生如梦似花妍，转眼韶华乃往年。
守土客居共日月，耕读同赋一诗篇。
海边原上万千梦，眼里心中乡月圆。
场院煮茶指果木，桃花源里可耕田。

附：

致和谷同学

石民全[③]

四十年后始相见，乡音无改容貌变。
若非兄弟屋中站，何能认出是都蛮[④]。
来去匆匆时间短，招待不周甚抱歉。
不知何日再相见，直谝通宵话当年。

[①] 思故乡：和谷曾客居海南七年。
[②] 春树明：指桃花盛开。
[③] 石民全：孟家原农民诗人，少年时与和谷同窗。
[④] 都蛮：和谷的原名。

词 二 首

郭平安

一 渔家傲

渭北春来花满树,铜川冬去桃夭顾。
幽梦青瓷华彩雨。烟云渡,孟家原上游人步。
姜女寻夫君莫妒,民间故事传千古。
布谷声声春且住。真情处,民安国泰光明路!

二 鹧鸪天

假日难得遇偶闲,携妻信步孟家原。
满园粉李红桃绽,遍地青禾草卉妍。
雄鸡叫,犍牛欢,望无边际秀庄田。
天遂人愿还作美,润雨应时庆好年。

诗 五 首

靳贤孝

一 游孟姜女祠

金山漆水古祠前，松柏明月照清泉。
烈女传奇碑刻久，村姑故事美名传。
游人拾级登高处，指看桃花开满川。
有感史书和古迹，方知血泪与桑田。

二 姜女祠怀古

一树桃夭山野中，万般娇媚立春风。
遥思贞女悲怆泪，倍感苍生真爱同。
石罅汩汩泉水冽，姜祠熠熠草花红。
畅怀把话论桑梓，喜看游人说笑融。

三 哭泉料石坡

历史悠久传说多，感人肺腑赞巾帼。
忠贞坚烈反徭役，塞北边关泪成河。
哭倒长城寻夫骨，秦兵追杀无处躲。
苍天圣地施恩慈，面团变石驱恶魔。

四　孟家原之春

麦浪滚滚菜花黄，佳树弯弯扮丽装。
姜女故园胜似画，山乡漫步任徜徉。
桃花灼灼表情爱，人面幽幽感思扬。
旷古风流今胜昔，人民做主更辉煌。

五　花红桃甜

三月桃花妍，染我孟家原。春早田野醒，人耕花丛间。
夏日叶繁茂，果硕枝丫弯。仙桃奔小康，姜女应无憾。

漆 水 不 老

梁秀侠

你突然淹没我要踩下的列石 / 心惊肉跳　泪不能已　不能醒 / 河对面那　唤不住的身影 / 走向花飞蝶舞的深处 / 那分明是母亲 / 我知道　那山的上面 / 曾经住着母亲的母亲

漆水　你竟以这无情的方式　撞入我的梦 / 惊扰了　我和母亲的相逢

初见你时 / 我被母亲挟在胳肢窝　在列石上欢笑 / 好奇你在石头上碰出的水花花 / 还有河边草丛里追不上的蛾蛾 / 你是快要看见外婆的喜 / 你是马上就到的哄

漆水　你长流在东、西两原的狭川间 / 你是母亲和她母亲相见绕不开的惦念

神往你时 / 是因了母亲塑在你岸上的故事 / 耀窑遗址对岸的半山腰上 / 窑神庙里住着一个女子 / 拄着烧火的炭锨 / 望着外面有没有危险 / 对岸的哥俩 / 冷热　窑火　凉水 / 成就了冰裂纹宋瓷的千古地位

漆水　你以冰冷的姿势走入了我的记忆 / 纷乱了亲近你的那颗稚嫩的心

感知你时 / 我已花样年华 / 岸边学农的每一个场景里 / 都能与你的前世今生遇见 / 姐姐在修地的瓷片中捡拾的冰裂纹小碗 / 盛满你泥与火的情仇恩怨 / 金黄色的麦穗上 / 闪烁的是你母性的慈爱与温暖

漆水　你湿过我的花鞋　当过我的镜 / 你是我少女心中不辨时空的一帘幽梦

难忘你时 / 你是我客在异乡述说家时无缺的部分 / 虽然你失却了往昔的美丽 / 斑驳的肌肤　隐忍着龟裂 / 照不见岸上的草长莺飞 / 留不住列石上湿润的脚印 / 牵挂与远方被蒸上了云天 / 但大海一定饱含你信仰般的思念

漆水　你慌乱的容颜 / 道破你水心思变

梦见你时 / 你只是一个概念的水 / 和着我的心疼　我的眼泪我的记忆 / 湿透了我半个世纪晾不干的心绪 / 你不现形态只显威 / 惊醒的岂止是我这梦中人 / 你是那片土地的图腾与崇拜

漆水　无论你成了什么模样 / 你水心不老 / 我心归巢

梦江南·题孟姜女故里孟家原十二首

黄卫平

一

孟原好,乡村第一著。桃之夭夭叶蓁蓁,落英缤纷灼似火,桃源谁不入?

二

孟原好,孟姜红满天。长城哭倒人不还,故里独留一叶鲜,泪化苦果甜。

三

孟原好,葳蕤绿满园。最是原上风雪里,红裳万朵凌寒艳,能不赞桃源?

四

孟原好,三月采风去。冷畦萧索独傲枝,桃花丛中填新词,诗情无限思。

五

孟原好,故里多妖娆。香炉峰前生紫烟,蜡烛台上红烛烧,山山分外娇。

六

孟原好,姜女遗迹多。天地庙里拜天地,红土坡前别故土,一步一回顾。

七

孟原好,鸦声呼奇怪。思夫悲号何忍去,万户捣杵秦风哀,不令山河坏。

八

孟原好,千年情未了。漠漠黄沙谁为雄,纤纤关柳何处凋?唯有秋声老。

九

孟原好,风华绝代骄。一生一代一佳人,相思相爱难相老,芳名千古傲。

十

孟原好,六月采摘节。麻姑献寿树下醉,仙女惊鸿园中瞥,猴王梦饕餮。

十一

孟原好,家家说翠钿。花好人美笙歌起,河山依旧天地换,今朝月儿圆。

十二

孟原好,满原春色烈。户户耕种桃花源,家家挑窗桃园月,踏歌风流绝。

孟家原的桃花开了吗

刘平安

孟家原的桃花开了吗 / 一个简单的问题 / 常常叩击着我的心扉 / 不是我想交桃花运 / 只恨那迟开的桃花 / 曾经 / 作弄了一群善良的人 / 本想借你粉饰太平 / 却偏偏被你无情地抛弃 / 如果带有权力的角逐 / 那更是让人伤痕累累 / 唉,你这不解人意的桃花啊!

嗅不到东晋桃花源的馨香 / 邂逅不了人面桃花的意境 / 但我知道桃花很美 / 美得让人哀婉 / 美得让人心醉 / 美得让文人骚客不停地躁动 / 美得让中国的诗文来神 / 索性走进翰墨丹青 / 索性走进相机镜头 / 从此定格成季节的色彩 / 定格成权贵眼中的美人 / 唉,你这惹是生非的桃花啊!

总想远离喧嚣 / 却被喧嚣包围 / 总想淡泊名利 / 却被名利所累 / 无意伤害别人 / 却常常被别人伤害 / 难怪你迈出的每一步 / 来得这么踌躇 / 挣脱冬天的桎梏 / 抖落心头的郁闷 / 有阳光指引 / 有雨露滋润 / 何惧风虐霜杀 / 来吧,快来吧 / 热拥中有了这动情的吻痕 / 啊,桃花 / 这是来自春天的问候 / 这是来自大地的心律 / 纵使春寒 / 也能

爆出惊天的响雷

孟家原的桃花开了吗 / 我真的想知道 / 来自孟姜女故里的信息 / 我问那个哭倒过长城的女孩 / 可她满脸羞愧

孟家原的桃花开了吗 / 我问朋友 / 朋友不知 / 我问大地 / 大地无语

桃花情三首

朱文杰

为张超山水扇面画《春之秦岭》配诗。

一　桃花雨

柳绿　柔软了山石的寒峭 / 桃花　衬映出喜气的膨胀 / 那山光水色的细腻 / 装点春之秦岭的明媚

阳光的洗礼 / 滋养季节的律令 / 逐渐生动起来的绿意 / 让熏风一吹　荡漾的就该是 / 尽情挥霍的花季

香气缭绕　晴峦缥缈 / 难以穿越的　是树枝斑杂的缝隙 / 不知所措　盛情中迷失 / 你的激越会沦为矫情的萎靡

高洁清远之外 / 感受色彩盛宴的侵袭 / 仅仅因为失声赞美了一句 / 竟使自己的双肩 / 落满了突如其来的桃花雨

二　桃花季

一树一树的花蕾 / 低垂楚楚动人的怜爱 / 等待你最恣肆的绽放 / 那一瞬间的惊艳 / 一生只为这一刻

在阳光慷慨的抚爱下 / 美丽定格在 / 桃花季无遮无掩的烂漫中 / 最是鸟鸣没有戒心 / 随心所欲地吟唱着明媚

身处花季的你 / 在季节律令督促下 / 从众香国里突围 / 独秀三月的春色撩人 / 让你沉思的是，绚烂之极后 / 如何归于平淡

人面桃花万般的风情 / 已经不可复制 / 如何从稚嫩中出发 / 在草色遥看近却无的美妙里 / 经营自己脱俗的青春

三　山桃花

一山春色映衬你的靓丽 / 荡漾粉红色的春梦 / 灼灼其华迷离人眼

心怀纤丽，花开欲燃 / 千树桃花临摹美感 / 网住一株写意的微笑 / 妍与俏隐约紫影山岚

还是和你拉开距离吧 / 你烧燃的繁茂 / 如火如荼的热情 / 让人觉得美丽有时无法抵挡

而桃花流水营造的意境 / 阻不住波浪的骚动 / 和你风情万种的婀娜

花动一山春色 / 一点胭脂十分艳 / 当袅袅绿云簇拥 / 桃花仙子翩翩而落时 / 谁能洗尽凡心的万般倾慕 / 拒绝你的灿烂

书上桃花三首

刘新中

一 桃采摘之后

中国神话小说《西游记》中有蟠桃会情节,衍生出一系列故事。

因了蟠桃大会 / 一则神话 / 被渲染得五味俱全

只冷落了那树花儿 / 遥遥地,孤芳自赏 / 晶莹的泪痕 / 以烁烁之势 / 悬挂在天边

于是,时不时 / 飘几片雪 / 让三月的诗读出凄婉 / 激动了,索性 / 给结义者 / 一个热烈的背景 / 刘、关、张的战争故事 / 豪爽中就带几分悲欢

孰轻孰重 / 物质的集合 / 抑或精神的盛宴

早知道会衍生许多种结论 / 何必计较花或者果 / 何必争究先行与留步 / 因为,只要用心 / 谁都可以制造 / 一个又一个千年

二 桃花源

陶渊明《桃花源记》描述了一个至真至纯的世界,令一代又一代人神往。

寻觅,沿溪水而上 / 多少个春秋 / 在路上前行 / 哪管大雨如注 / 哪管荆棘丛生 / 甚至,武陵渔夫 / 倒下了 / 成为 / 喃喃的水声

峰回路转 / 豁然开朗 / 兴许,只是奢望 / 从陶渊明的书案远望 / 南

山，始终悬挂着 / 渴求的眼睛

有目标就好 / 一树繁花 / 总是幻化安详的红云 / 足以装饰桨板 / 装饰脚痕 / 装饰做也做不完的梦

三　桃花的诗

唐人崔护一首《题都城南庄》写桃花与爱情，有色彩，有慨叹，读来多味。

依然是那条小路 / 依然是那缕东风 / 依然是那朵桃花 / 妖艳着 / 钉牢在门庭

只是今年替代了去年 / 所以，惆怅才会 / 很浓很浓

用它研磨成黑夜 / 就会写出月亮和星星 / 写出即将升起的太阳 / 如永远的桃花 / 热烈、多情

毕竟成就了一首诗 / 有意无意地春游 / 闯入者 / 为唐人的文学板块 / 增添了几缕鲜红

华原春叹四首

张延峰

一

又逢柳绿芳草堤，落红逐波韶华急。
一川春水向东去，朱雀桥头人独立。

二

春来案牍积如山，细柳如织锁帘轩。
何当扬帆十万里，长风破浪水云间。

三

烟雾空蒙春色虚，楼外缥缈杨柳曲。
东风有意唤桃红，无情却吹花落去。

四

昨夜细雨润同官，柳绿一川，桃红半山，溪头戏水两三燕。
最是农家春来早，村外桃园，嫩芽初绽，枝头花间盼丰年。

姜女红

黄宏显

孟家原上果香浓，姜女故里姜女红。
家家户户收获忙，峁峁梁梁乐融融。
驱车古原有感触，眼前昔日真不同。
红墙绿窗农家院，知了高歌在风中。
公路直通偏僻处，疑是身临在瑶宫。
伫立地头送远目，缥缈山色意朦胧。

桃林把盏话典故，农家女儿阡陌中。
不畏山高路遥远，真爱凛冽驱狼虫。
鲜果味甜汁粘手，蟠桃会上勾馋虫。
若问此桃仙品否，姜女成仙在九重。

七律四首

孙绳照

一 春花

山野亭亭碧玉娇，孟家原上滚春潮。
团团红粉如云翳，朵朵桃花似火烧。
遥想当年贞烈女，寻夫万里憾重霄。
归来坐化金山麓，灼灼桃夭永不凋。

二 碧桃

妩媚精灵山野上，千姿百态现春容。
终生爱恋家乡土，不弃不离第一宗。
因是伊人风骨烈，人间情爱化严冬。
高歌自有人民唱，世上真神百姓封。

三 烈女

姜祠松柏映金山，贞女长眠漆水湾。

万道霞光披石壁，一池清水照红颜。
关心遗迹何处是，无意遥望金锁关。
依旧女回影缥缈，春归芳菲满人间。

四　故国

漆水欢腾出女华，山桃妖冶入云霞。
游人惬意溯流上，古树欣然发嫩芽。
偶见村姑采荠菜，地边绽放小黄花。
谁知故国何时启，细路荒丘常走差。

姜女故里桃花吟

李月芳

春来原上涌花潮，款款佳丽似桃夭。
山色空蒙新如洗，田园犹润昨夜雨。
烈女故事传千秋，灼灼芳颜山月幽。
陌头阡径丽人行，佳期镜中桃花萦。
烛光私语话麦浪，谁家金鸡高歌唱。
一夜花瓣悄然落，酷吏皂靴又踏过。
莫道七夕良宵短，想必织女泪婆娑。
桃花几度妆三春，窗前孤影哀怨深。
铜镜无影久不拭，仰脸凝注无限思。

征鸿又度长空去，秋水再映桃花魂。
寻夫路途何其远，秦风汉韵说到今。
真情实意莫如许，昨夜丝丝淅沥雨。
发古深思幽梦长，今朝来访花故里。
风吹雨打堞垛荒，莺歌燕舞草木香。
勤劳致富好政策，田垄吟咏行孟姜。
小家碧玉舞东风，朗朗乾坤在心中。
天生红艳含羞涩，沉醉青山迎远客。
伊人娇妍春风暖，画眉婉转晴丝闪。
桃夭亭前话桃夭，云雀声声碧云霄。
孟姜烈女化仙子，仙子曼舞皆如此。
真情绽放真烂漫，深红浅红游人赞。
黄土青天渭北地，山川云绕飘岚气。
一枝横斜骄阳里，万木竞芳古原头。
地厚浑雄黄河畔，桃花娇妍带笑看。
诗人漫步思绪久，城南歌赋只信手。
人生春华知几度？信念不可随意改。
坎坷只有行者晓，得意春风抒情怀！
年年见得桃花艳，岁岁春花三月现。
善德道义薄云天，诗人泪飞挂青丝。

孟家原二首

陈有仓

一

春登孟家原,丘壑望连绵。
村庄依势合,桃染垄相连。
访问仙子居,指点田亩边。
往来思古今,草丛隐圣贤。
谢意桃花村,幽梦两千年。

二

年年桃花艳,出名孟家原。
非唯桃色好,更有佳人缘。
莫问世间泪,天下不用言。
莫问世间苦,天下谁可堪。
莫问世间情,天下谁比肩。
莫问世间美,天下谁与全。
一去两千年,明镜亮如鲜。
万亩桃润喉,万千花簇团。
万众仰高风,万国探先贤。
水土孕光华,莫道地处偏。
渭北黄土地,神奇自羡仙。

七绝三首

杨广林

一

云雀高歌侧耳听，百灵婉转柳枝青。
孟家原上桃花艳，更使游人得静宁。

二

一夜芳华落满山，霞光万道碧云间。
哭泉梁上东风舞，朵朵桃花展笑颜。

三

一声悲泣裂城墙，万语千言尽敛藏。
岁岁桃花呈妩媚，年年姜祠展新装。

孟家原桃花（外一首）

皇甫江

千年万载吐芳妍，色彩谁堪斗艳鲜。
总恋盈园桃绽蕊，常怀亘古史留缘。

何言挚爱当时断，应羡真情永世传。
偶为秦皇生感叹，长因姜女忆从前。

浪淘沙·游孟家原桃园

春满孟家原，车叫人欢，花香沁肺笑盈园。靓女帅哥亲友聚，快意如年。

任岁月移迁，千古奇缘，范郎姜女永流传。挥泪汗悬耕作处，桃更甜鲜。

卜算子二首

郭文涛

一　人间真情

润土雨初晴，郊外姜祠静。一树春桃照眼明，犹似伊人影。
往事越千年，谁说芳魂冷？奉作花神主爱情，真善人间永。

二　姜女故里

桃杏满山冈，农舍人欢笑。原上新村户牖明，布谷声声叫。
来到孟家原，明媚阳光照。田亩繁华似海潮，萦耳清平调。

放 歌 桃 花

郭建民

一缕缕春风/拂过桃乡的土地/为一座座果园/涂上一片片亮色

你好啊 桃花/你的又一次开放/使期待的黄土有了含金的分量/你笑在春风中/每枝每朵/都成为亭亭玉立的佳人/你是燃烧的火炬/又像是耀眼剔透的水晶/你的风姿/成为人们/旅游观光的好去处

你的梦/犹如你的自身/美丽 诱人/开在自己的家园/开在庄户人的心里

我伸出手/去触摸你的脸膛/我发现我的手掌/竟然被烫得炙热 染得血红/此时此刻/我才体味到了/你内在的热/和浓烈的情

无私的桃花/你编织了一方田园的春景/把美艳献给了赏春的人们/你的倩影/又消逝在苍茫的暮色中/展开飞翔的翅膀/带着五彩斑斓的梦/通向金色的秋天/再现自己的真实

桃花，生命之花

郭建民

今天，是我的生日 / 孩子们为我献上一枚长寿之果 / ——寿桃 / 于是　我怀想一个季节 / 桃花　三月

我怀想 / 在那桃花盛开的地方 / 这大地上最健康的肤色 / 青春　美艳　动人

花开时节 / 我看到 / 缀满枝头的花瓣 / 竟然给了我一张 / 鹤发童颜的姿容

在这寄希望的地方 / 我的诗情 / 从一枚桃核内涌出 / 那枚寿桃 / 已落入我的胃中

请给我多一点怀想的年轮 / 这大地上最健康的肤色 / 阳光里 / 一种燃烧的生命 / 和一颗 / 长生不老的心

忆秦娥·孟家原怀古十一首

赵建铜

一　仙侣

初相见，桃红映照佳人面。佳人面，沉鱼落雁，寄心书卷。

天然丽质无金钿，书生缱绻农家院。农家院，男耕女织，水浇花绽。

二　孟姜女

牵挂累，萦怀何事人憔悴？人憔悴，凭窗听雨，久思难寐。
孤灯只影伊人泪，幽情耿耿如铅坠。如铅坠，寒衣包裹，去心皆备。

三　孤旅者

秦关暮，余晖姜女踟蹰步。踟蹰步，裙裾风摆，泪凝霜露。
北行一路哀愁树，远方凭眺烟云渡。烟云渡，心飞漠上，与夫倾诉。

四　哭长城

悲声切，长空雷滚城崩裂。城崩裂，飓风裹泪，电光如铁。
沸腾民怨山鸣咽，孟姜贞女真情彻。真情彻，名传千古，烈风高洁。

五　秦宫月

收金鼓，大秦帝国彰威武。彰威武，指通海内，筑墙成堵。
征夫徭役民间苦，苛捐杂税人神怒。人神怒，秦皇孤注，楚人三户！

六　山桃花

闲驻马,草花丛里抛砖瓦。抛砖瓦,繁华一瞬,不论真假。
山桃明亮多优雅,娉娉伫立高崖下。高崖下,春来早发,感知冬夏。

七　爱心难老

山阴道,黄鹂婉转佳人笑。佳人笑,深情脉脉,赧然桃夭。
桃花人面含羞照,城南崔护香词悼。香词悼,韶华易逝,爱心难老。

八　姜女泉

金山麓,寒泉凛冽蛾眉蹙。蛾眉蹙,华英飘落,化身万簌。
流金石隙高飞瀑,斗移星转光阴速。光阴速,清明烟雨,寄情花簇。

九　桃园茶话

茶水酽,桃园尽被嫣红占。嫣红占,妖娆锦色,几多思念。
幽幽真爱无须验,千秋佳话情如焰。情如焰,春来灼灼,一枝娇艳。

十　桃花雪

桃花雪,忽如一夜分凉热。分凉热,红装素裹,盼春心切。
桃林误作梅林悦,梅香不入民心结。民心结,春华秋实,好供明月。

十一　桃花落

山缥缈，梯田缓缓烟岚绕。烟岚绕，桃红柳绿，鸟鸣春晓。

风扬花萼知多少，香融泥土情难了。情难了，杜鹃泣血，悄然声杳。

我要回家看桃花

郭春晓

春来思念远方家，我要回家看桃花。
我家就在渭北山，漆水滋润春桃发。
身在古城繁华地，更想铜川土山崖。
幽静小城亲人多，春来一起看烟霞。
我要回家看桃花，昨夜我就梦到她。
蝴蝶双双窗前舞，紫燕对对柳间插。
母携我去姜女祠，父领我去看山洼。
沉醉梦中不愿醒，一觉醒来我长大。
树上鸟儿叫喳喳，我要回家看桃花。
铜川有山也有水，春来桃花满天涯。
自从上学离开后，岁岁年年都想她。
日子越久思越深，幽幽山花心间挂！
北出西安越泾渭，东风伴我华原下。

漆沮幽幽向东流,河岸桃杏灿如霞。
新区楼高绿化好,印台柳絮舞繁花。
归来犹念家乡美,桃花源中是我家。

永恒之花

张惠妹

一 桃花会

仿佛开放只在一夜/千朵万朵的微红/点满三月的枝头/殷红多么娇艳/一片桃花引一片笙歌/我多想与你相约/在田间,在山头/一身苍苒的样子/在严厉的春风里/和你一样/做个不疼不痒的闲客

二 天荒地老

孟姜女一眼望了千年/其实长城还是没有望穿/所以一直站着/站成石像

你看,那些远去的,放不下的/来不及等你说爱/已经流淌成泪泉

那些高山流水/在云雾中一颠一簸/等待谁来睁眼

三　孟姜女

摘你千年不落的桃红 / 在孟家原，把今生染成 / 你仿如初绽的容颜

流淌不息的泪泉，绽开着 / 让心与肺交接的炊烟 / 我饮你一滴便足够 / 让黑夜逼出火光 / 像你一样清瘦地凝视远方

你荒芜处的誓言，奔跑着小鹿 / 在无限的春风里，我若是求爱的人 / 要剪下一段桃枝，从你的眼神 / 寻找依附的栏杆

四　我的有缘人

我将自己分解成紫泥、红泥、绿泥 / 等待有缘的人来开采

我的有缘人必定有王禅的翎羽 / 孙思邈的心肠，酿我为药 / 使我醒来

我的眼睛会注上你的名字 / 树木是你，山河是你，大地也是你 / 你让我站着，生活不再会咬牙切齿 / 而是妥妥把我收起

我会一直在那里，等你 / 如果你不来，我不会转身离去

五　拴马桩

你说你是我钓上的鱼 / 从喉口一直把我疼到心里 / 或许我觉得我是马桩 / 只拴你的马桩 / 用一双姜女望穿长城的眼 / 甘愿深陷 / 将大半个身子扎进泥土 / 为情找一个安身之地

每一次孤独之时 / 用月光安魂 / 并不像云朵搬运自己 / 把你的名字刻在三生石 / 将视线推得很远 / 睁眼、闭眼 / 在你的转身、奔跑、漫步 / 每一个影子里 / 像血液一样等你巡回

桃园诗话十二首

石民全

一

故居桃花依旧开,眼前犹存望夫台。
痴情女子两行泪,流传千古仍不衰!

二

小车如梭不断头,游人接踵花海游。
桃红柳绿好去处,美景醉心望千愁。

三

原上桃花接云彩,滚红堆粉美人来。
清水烹茶迎远客,农家儿女乐开怀。

四

一盆清水放土台,遥想农家实可哀。
水中映得桃花影,疑是仙女下凡来。

五

天寒地冻花不开,地头农夫实无奈。

游人不值莫后悔,暂缓几日阴云开。

六

花开花落无定时,纵是青帝也无奈。
但愿今年多包涵,有啥不周请担待!

七

明媚春光四月天,李粉桃红望无边。
桃花仙子真妩媚,舍前舍后曼舞喧。
城里客人纷沓至,诗人相会更无前。
但愿明年再相会,桃花源里咏诗篇。

八

此生难忘宜君行,照眼桃杏岭上盈。
松风阵阵神意爽,林间道旁诗情浓。
风和日丽松柏翠,醒目桃花分外红。
石上赏花心已醉,只愿长留此山中。

九

四月春深油菜黄,桃花落尽桐花放。
蜜蜂嗡嗡花海里,燕子游弋穿白杨。
心旷神怡心有画,忙里偷闲著诗章。
满腹真情道不尽,他人笑我痴情狂。

十

赏花归来香满袖,离村十里仍回首。
桃林斜横夕阳里,暖风和煦拂杨柳。
向阳坡里牛羊叫,牧者吆喝山间悠。
满怀诗意快归去,写下心情无忧愁。

十一

蓝天白云满山花,青山绿树披彩霞。
小楼林立沐春风,大道无边向天涯。
主人频频献香茗,童稚笑靥脸上挂。
都说故乡面貌变,游子归来不识家。

十二

铜川放眼尽是原,驿道傍河通长安。
兵家必争古战地,六郎曾镇金锁关。
昔日荒凉今巨变,十里长街楼接天。
车水马龙花似锦,千年古邑换新颜。

诗 词 三 首

王子安

一 春之花

万朵报春开,芳香次第来。
纤姿呈媚靥,舞蝶戏泥孩。
谐趣逐君使,挥毫待客猜。
林丛培汗水,摘果坐瑶台。

二 春之声

篱舍连花径,孤窗晓鹤鸣。
流泉潜润叶,吠犬默巡更。
草屋随人老,笼烟忆火盈。
深山居壑坎,独醉岭中耕。

三 眼儿媚·春望

窈窕重山一枝春,翘首报三秦。
蜿蜒古道,荒蛮宝藏,幽幽风询。
鸾箫渺渺婚车远,忙碌早行人。
荷锄披日,饮风沐雨,滚滚红尘。

桃花依旧开（组诗）

剑 熔

一 搬转山的桃花

孟姜女，一个苦命女子 / 从长城脚下 / 背郎君的白骨回乡

一路哭一路走。追兵在后 / 女子无路可走，急了 / 瞬间，借风势 / 将一座山搬转过来 / 堵住了追兵

这个神奇的传说 / 后来，字字化为满山的山桃花 / 女子的泪水 / 化为满山的桃花雨 / 风是她的哭声 / 滚下山，冲出关口

多少年了，搬转山的桃花 / 很艳，年年开放 / 像女子的红衣衫 / 摇动片片彩云 / 一缕缕不老的思绪

二 孟家原桃花

孟姜女的故里，在春天 / 桃花特别的红 / 桃花烧红原 / 原上 / 阳光暖暖地洒下 / 温柔的风一吹 / 贵如油的春雨被大地收藏

几声鸟鸣过后 / 桃花露出了灿烂的笑容 / 像一首首诗 / 被风反复朗诵着

桃花雨过后，桃子生长 / 春孕，夏长 / 秋天收获的季节 / 桃子出落成待嫁的 / 新娘 / 满脸升起害羞的红晕

孟姜女的故里，孟姜红 / 红遍原野 / 红遍大地

三　桃花盛开时

春天光临渭北铜川时 / 桃花漫山遍野盛开着。姜女祠的 / 目光在醉望 / 桃花随风摇曳 / 花海随风翻滚

春天来临。金山的桃花 / 彩云一样飘飞着 / 让诗意在山的肌肤蔓延 / 漆水，山脚下一个转身 / 缓缓流向远方

金山的桃花盛开 / 鸟语也含着芳香 / 姜女祠，被桃花包围着 / 被山绿包围着 / 被人影包围着

一场雨落下 / 一场风吹过 / 桃花纷纷凋谢 / 桃花泪——孟姜女的泪 / 依然含着诗意

这个属于桃花妹妹的春天（外一首）

党　剑

黄土之上生长春风稚嫩的呼唤 / 金色的阳光，唤醒做梦的眼睛 / 你粉面羞赧的容颜让泥土呢喃 / 哦，这个属于桃花妹妹的春天

春天的帘布刚刚卷起 / 你这唇红齿白的女子 / 就奔走在田野的边际 / 落入无数呢喃的花影

桃花妹妹啊 / 你就在对岸，燃烧出一个春天 / 你不是一粒音符，却比音符更动听 / 你不是一枚浆果，却比浆果更醉人

追溯你的身世，桃花妹妹 /《诗经》是你遥远的故园 / 回首已是千年，桃花妹妹 / 你又如约而至，红颜灿烂

无数昔日丢失的水分，在这里一一找回/嫣然一笑的妩媚，就是落在肩头的香味/三千年了，桃花妹妹，你的对面/是谁听风声幽咽，伊人姿容灿烂

我承认，不知需要飞度多少华年，才能靠近你的笑靥/可是桃花妹妹，只要你在三月里如约出现，劫持春天/这个朝云暮雨的春天，这个云霞般妖娆的桃园/就是一处值得守候、值得赞美的——永恒彼岸

一场先于清明而来的雨

细雨里的春柳/悬挂对母亲的思念/这个季节，路边玉兰初绽，山坡上桃花粉白

停止摆动的春柳/就像是一个个凝固的生命/但是依然柔软，吐露自然轮回的讯息

应该感激这一场先于清明而来的雨/柔软了在都市挣扎中日益坚硬的心/那悬挂在柳枝上的泪滴，不仅怀念母亲/魂居于另一个世界的母亲，慈祥的笑容

蒙蒙的雨丝中/柳枝不能停顿下来的泪滴，是在怀念/所有先于这个柔软的季节远逝的生命/所有相对于这座城市的坚硬而柔软的魂灵……

故 乡 春 韵

王双云

朝阳的光亮，悄然斑斓／漆水河的静默，那堤岸／垂柳的鹅黄，／不经意间灵动，晨鸟的歌谣／姜女泉，叮咚淙淙／清凌凌的吟哦／印台山，绵延的松涛／华灯明灭／晨练的秧歌，跃然苏醒／劳作的车水马龙

蓝天白云下／最是风筝／悠闲着，童叟的快乐／山桃花等不及／叶子陪伴／枝头早簇拥着／水粉的热闹／一眼望去，返青的麦苗／正把金色的童话／油绿在／睡眼惺忪的／沟峁田野

斜阳晚归／牧童的柳笛／沉醉／一弯新月／村舍的狗吠／寂静了／牛哞鸡鸣／向着星辉璀璨／炊烟袅袅，升腾起庄户人／如虹的向往／香甜的梦／静谧着夜幕里／幸福的温暖

罐罐垒墙／把摇曳的传说／稀煎汪成／盛情的酸汤饸饹／俊俏的龙柏芽／只跟随／惊蛰的风信子／执着钟情／倔强的坩子土／高耸的烟囱／千年矗立／却从来没锁住／瓷窑炉火欢跃云霄的炽烈／与其说是知时雨／斑驳晶亮了瓷片砌路／曲径通幽里／举世无双的神奇／更不如说是春风的和煦／朗润明媚了陈炉古镇／民俗活化石／独一无二的趣韵

曾几何时／那水泥的尘埃／是经不起／春雷滚滚的撼动／抑或是／不堪忍担负／污浊烦扰的罪名／还是干脆就／受不了／春风春

雨/绵柔的涤荡/骤然便销声匿迹得/无影无踪/一下子/花草树木/连同空气河流/都回归/原生态的清纯

　　游子/望眼欲穿/那山清水秀/萦绕了美丽故土/惬意的乡魂/漫溯/凝眸聆听/那莺歌燕舞/琴瑟着和谐故土/诗意的春韵

孟家原的桃花开了（外一首）

雷养法

　　我，站在孟家原的山上，思绪就像波涛汹涌的长江。远方的歌声在耳边回响，人头攒动犹如大海掀起层层波浪。

　　我，静静地凝望着北方，那里有我魂牵梦绕的念想。那里有段脍炙人口的故事，凄美的爱情传说在那片大地上回荡。

　　孟姜女的眼泪千年流淌，却不见夫君回到她的身旁。年年桃花都在开放，年年都要穿上花的衣裳。

　　盼啊盼，想啊想，风雨兼程，北上去寻她的喜良。不怕山高水远，四季风沙狂，不怕虎豹豺狼，索性走他个地老天荒。

　　相思泪，泪成行，心上人，在何方？雄伟的长城伫立在高高的山冈，脚下却是累累白骨堆成行。

　　泪化作风，化作雨，冲刷这世间的残暴，淹没那吃人的豺狼，冲垮了掩埋尸骨的城墙。

　　哭泉涌流着姜女泪，泰山庙将姜女的尸骨收藏。姜女的魂魄飞回了孟家原——她的故乡。

粉红色的桃花年年开放,那是她的歌在山间徜徉。洁白的云朵在天空飘荡,那是姜女喜良魂归故乡。

凄美的爱情传说源远流长,就像这粉红的桃花年年开放。愿子孙万代留住这爱的记忆,愿幸福的人们地久天长。

又是一年桃花艳

又是一年桃花艳,花开依旧染透山。
昔日赞花花落去,如今又见香满园。
一树桃花一树鲜,朵朵红绸朵朵恋。
细雨淅沥润疆垦,犹如飞琼降自天。

一年一度的桃花节,我们又来到了孟家原。你因孟姜女而名扬天下,她赋予你历史的璀璨。

美丽的桃花,你经历了多少磨难!你的笑脸 在岁月长河里荡涤着历史的尘埃,仍旧展现出你少女般俊秀的容颜。千百年来,你坚守在这片黄土高坡上,向人们诉说你生命的罹难。

年年花开又花落,年年春风沐长河。你那凄美的故事传遍大江河山,你那坚贞不屈的脚步代代咏传,你把纯洁的爱情撒向人间。先祖哺育了美好的诗篇,你却留不住古人的容颜。

你年年迎着春风吐蕊,花儿开得还是那么娇艳。在风中摇曳,在层林中尽染。在彩蝶飞舞中绽放,在孩童们追逐嬉闹中舞姿翩跹。你谱写着爱情的诗篇,你把爱无私奉献。我们驻足,我们留恋,我们铭记你!美丽的桃花开在了,黄土高坡的孟家原!

早 春

刘晓景

一

一首寂静的诗　不再寂静 / 屋檐一不小心　挂破了衣裙 / 一颗绿芽伸出头 / 划开了河面上的冰层 / 河水　从乡村流向那座看不见的城市 / 春天在诗行里泛了青 / 深藏在大山里的皱褶　渐渐地舒展了紧皱的眉头 / 一缕暖阳　揭开了二月的盖头 / 你可看见鸟语花香 / 已经惊艳了早春

二

我在一朵枯萎的花蕾里 / 找到了你的影子 / 你躲在冬日的襁褓里呼吸 / 苏醒的草等待春风 / 听冰下的流水 / 写满了河床的日记 / 甜甜的风吹过山的额头 / 蝴蝶落在肩头 / 春天 / 斟酌成一杯浓浓的相思 / 于是 / 大地变成了醉汉 / 我将一粒黄土放到里面 / 北方也绿了

三

渡口　放逐着一群鸥鸟 / 吵醒了还　搁浅在浅滩的船　醒了 / 准备起锚 / 爱人从冬天里走来 / 带来一朵春的暖 / 围在我的脖颈 / 早春的风依旧抚着冬的残骸 / 带着鸽子的哨音不愿离去 / 只在爱人的眼睛里 / 写满了春的平仄

四

山顶的小树/离天空很近/近得在一抬手间/便可把鸟笼挂在天空

早春的黎明/太阳带着一只鸟从远方赶来/躲在山后/只露出一点羞怯的光/小村的炊烟便升起了鸟的歌声/徜徉在白云间　绿了山峦

那个单纯的少年/孤零零地在山顶站成了原点/守在老屋前冥想/不知是云住在山里/还是山住进了云里

五

那枝含苞欲放的蓓蕾/在风中微微颤抖/在村姑的眸子里绽放/鸽哨的声音渐渐远去/一场细雨过后　春姑融入了桃林/是羞涩　是沉思　是回忆　是怀春/游人三三两两地来了/带着城里人新奇的目光/开心　欢乐　欣赏/似乎　还有些许的惆怅/或许会自语：/桃花是姓孟　还是姓姜/得到的是沟壑里布谷鸟的回声/一群姑娘从桃林边走过/留下一串银铃般的笑语/几片花萼落下

二 灼灼其华

粉叶涂霞,香蕊抽芽。

桃花开、春到田家。

念伊人矣,钻出篱笆。

约心中她,林中赏,眼中花。

朝思暮想,灼灼如麻。

折磨甚、甜苦交加。

今朝决意,揭掉轻纱。

为三生缘,青春梦,好年华!

——调寄行香子 / 赵立奇

最关情的火焰

朱文杰

一声清脆的吆喝声 / 惊起一群水鸟 / 扑棱棱飞向江岸的渺远 / 蓝绿变幻的春水 / 映得一树树桃花 / 笑得花枝乱颤

一级级小石阶 / 拔高了谁的遐想 / 山逐渐鲜亮 / 多了一抹羞红的丽色 / 留给你一种"火"的意念

美的燃烧,空惊吐艳 / 让你在拙朴中起身 / 拥抱春光平凡 / 拥抱风流无限

妙境幻化毓秀的隽永 / 最是那桃枝随意横斜 / 佳构出的妖娆 / 衬托得莽莽之山 / 横生出意趣的天然

静享你的烂漫 / 千万莫把难舍的情愫 / 吊在危立的悬崖上晃荡 / 最写意的是 / 看你如何在花团锦簇里 / 挑选那一朵最关情的火焰

桃花仙子

王赵民

桃花仙子 / 从崖畔上 / 从山坡上 / 跃起 / 翩翩而来 / 点缀春天 / 别样的风景

桃花姑娘 / 走出城市里的书房 / 寻觅 / 心生真爱的地方
春风 / 给了 / 桃花仙子 / 也给了桃花姑娘 / 一个惊喜
树梢 / 眉梢 / 绽开了一片粉红

诗 三 首

张延峰

一 春行

济阳东望尽芳华，碧草如茵花似霞。
忽然清风吹细雨，烟柳画桥入酒家。
柔风从容梳纤柳，斜雨绣春画中舟。
云开桃花映碧水，紫岚含香出青岫。
婀娜最是杨柳姿，婆娑曼妙弄花溪。
晓岸曲径通幽处，晨露悄然打湿衣。

二 桃园吟

人自醒时酒亦水，人自醉时水亦酒。
水作酒时心多乐，酒作水时心多愁。
世间水酒千年事，人生醒醉几度秋。
山中独酌卧高石，闲看花落水东流。

三　金锁关

柳绿马莲滩，春风催燕还。

金锁锁不住，关外桃花繁。

行走在桃园里

李月芳

一

鸟儿在枝头搔首、呢喃私语，布谷在沟壑中歌咏不息。山路，赭黄线条，弯弯曲曲，绝无尘埃，是昨夜霏霏细雨。

报春的第一枝，引得人们郊游的盎然兴趣。那一抹春的红霞，催发起春之歌的幽谧。

姜女泉汩汩清流，孟家原灼灼桃夭。山岭里的秦直道，川道里的呜呜柳笛。

二

和煦的风，撩拨思绪，是四大爱情传奇之一的诗句；是那个久远的民女的泪滴；是静静的桃树、轻扬的花絮。

一支悠扬的歌，在漆水边响起；一支悲戚的歌，回荡在沟沟壑壑里。新婚的她把铜镜藏起，忧愁的她把行囊打理。

回眸花喜鹊喊喊喳喳的故园，看看炊烟袅袅的墟里，踏上北去的征程,不问路程,决然刚毅。

这一去山高水远,这一去茕茕无依;这一去的壮举撼天动地,这一去的故事是那么的悲戚。

三

那是十二铜人把守的朝代,秦驰道上的戎马、徭役成队,构筑一个破天荒的设想,宏大的工程由扶苏、蒙恬亲历。一篇《阿房宫》字句华美的文章,把多少霸业的历史湮没在长河里。

轻如尘芥的农家女儿,却用血泪谱写了带着烈风的歌曲。那是坚贞不移的爱情——人间情话的真谛。

生生不息的生命,倔强顽强,威武不屈。阳光、雨露、河流、山川……因为有了她们而美丽!

四

嫣红、粉红的桃花,热烈在和煦的风里。她们／是大地的儿女,由农夫哺育。她们／是河山的精灵,由日月托起。

在沟壑,在山坡,在黄土原上,到处一派清丽;在河边,在村庄,在田野里,到处一派绚丽。

何以把她当作那位古老的美女?幻想漆水边上的一袭素衣,梦萦绕着边关的芦笛,她,并没有太大的心绪,只为求得和亲人一聚而已。

五

桃园里无数的桃树,郊原上缀满了诗句,古老的故事唤起了多少叹息?!搬转山依然苍翠,依然耸立。

移步换景的无数桃花,不是电影的蒙太奇,是自古以来劳动者赞美的遗迹,桃花里蕴含着无限希冀。

行走在桃园里,放飞春的思绪。行走在桃园里,思想着那个美女绮丽……

为佳人盛开——孟家原桃花

高转屏

你映着秦关明月/就着耀州窑的炉火/在唐三彩的画坊旁默守千年/那个荡气回肠的爱情故事一直萦绕耳边/梦中的佳人依然那么凄婉

你轻依小船/涉过陶翁指引的那条小溪/在唐诗宋词中久久流连/那个人面桃花的传奇峰回路转/含笑回眸的却并非你寻觅的娇颜/怅然中你误入青楼/捡起那把以血点染的定情扇/亦忧亦怨地追入落英缤纷的大观园/挽住幽咽的鬟儿默默细辨/最终叹息着随风飘远

北国原野,南国小巷/你的脚印深深浅浅/唯独错过她悲泣的山海关/你历尽艰险/佳人的笑靥依然未见/呜咽的哭泉为你指点/你牵着风哥哥的手/深情地开满孟家的门前

忠实的蜜蜂不辞振翅传递虔诚的呼唤/热心的蝴蝶编织寒衣飞针走线/善解人意的莺燕一路千回百转/终于衔回佳人那嵌着乳名的粉玉簪

你期盼的双眸盈满了粉色的泪水/簇拥着淳朴深情的乡亲/将佳人的玉簪挂在枝头/掬满三月的阳光/年年含笑日日呢喃

新村春景

王戈文

料峭山风百草颤,春桃依依绽红颜。
勤劳人儿锄冻土,谷中鸟声歌不断。
布谷时令不可违,云开日出氤氲散。
桃花盈盈山崖边,羊肠小路弯又弯。
游人畅想信天游,村姑后生羞见面。
桃花繁盛红云乱,故作无意惊相唤。
闲话指看新农村,有心构图再更变。
黄莺婉转不见影,喜鹊翩翩飞对岸。
暖风花飞飞满山,新村新春意无边。

桃夭灼灼

王 雯

一 意境

镜头里的清明，远是红云，近是花海；拿开镜头，去感悟《诗经》里的清韵，是缥缈的远黛，是可触及的意味深长的青睐。

二 情致

农舍前后的桃花，含笑在春风中表白。幽静的土路上，春姑娘盈盈地走来；风儿撩动了花瓣，一个臆想使她走婚礼的彩台。粉红色的纱幔，在春风中飘摆。

三 细雨

着了水色的绿，无比清新；着了水色的红，格外羞涩。迷迷蒙蒙的山乡，淡绿的雾，淡红的烟，烟纱雾笼的梦在细雨之中，还有耀眼的粉白。

四 依旧

依旧的桃花，依旧的人面，古往今来依旧藏着多少的嗟叹和感怀？不停的当下，不停的逝水，人们为何有无数的等待？依旧，依旧，绿肥红瘦里，依旧花开。

贺桃花诗社

吴铜运

春花春树春雨中，花开花飞花香浓。
自在莺啼绿杨里，从容人醉胭脂丛。
绿入高原千山翠，风过清明万点红。
闻说孟家桃源事，欲携陶令临瑶宫。

桃花的爱情

陈广建

作为年轻姑娘 / 谁不想追求自己的爱情 / 桃花恋爱了 / 梳妆打扮，涂点脂，抹点粉 / 湿嫩的脸颊羞红 / 摇曳着闺秀可亲的含蓄

我们的桃花，要爱就爱得轰轰烈烈 / 为春天把自己整幅盛开 / 盛装出嫁的新娘 / 青春无悔 / 直到容颜消退，才会散落几片轻幽的叹息

"不以结婚为目的的恋爱，都是耍流氓" / 我们的桃花哪有什么外遇 / 孕育生命，守护家庭免遭邪祟的侵袭 / 这都是一个女人该做的啊 / 一阵东风，散发着浓香的 / 或者更多的是臭烘烘的 / 生存的味道

词 三 首

董西学

卜算子·咏桃花（一）

冰雪刚消融，细雨随风闹。原上寒枝逐日青，一夜容颜俏。惊起入桃园，极目春光好。蜂蝶翩翩不忍休，舞动桃花笑。

卜算子·咏桃花（二）

三月我初来，二月君先在。唯怨君心正盛时，我自潸然败。花落水长流，恨也情难待。但等明春早恋君，笑拾人间爱。

沁园春·孟家原

黄堡东南，六里之遥，孟氏土原。渐暖阳交泰，新桃艳艳；孟姜红柿，春蕊珊珊。诗会延绵，今期五届，曲赋词章持日欢。情酣处，任文人骚客，韵律千篇。

今时共聚同官，有道是和风开笑颜。抒妙言心语，奇思异念；几经磨砺，不尽艰难。悟识凡尘，怀藏世事，举首蓝天云影闲。观苍岭，凭神游浩宇，曼舞山巅。

咏桃(外一首)

赵奇立

三月春风卖巧乖,桃花如海面如脂。
亦谙傲雪凌寒苦,但使临风放胆开。
思报田家挥汗雨,挂牵果农结珠胎。
年年缀满婆娑梦,待到红黄始忆栽。

多 想

多想抱你一下 / 然后把 / 相思的债务抛下 / 可又怕 / 割舍不下 / 只好无奈地 / 按响了 / 启程的喇叭

多想吻你 / 一脸的红霞 / 然后拆掉相思的篱笆 / 可又怕让你 / 平添额外的牵挂 / 只好潇洒地 / 甩了下 / 头发

轻轻地我走了 / 无言地 / 没一句话 / 往事已绾成了疙瘩 / 揣着相思藤上的瓜 / 在浪迹天涯的路上 / 又开始孕育 / 新的秋冬春夏

赞桃花（外一首）

刘红玉

东风意软/嬉上桃枝浅/红粉怯怯/娇羞如痴/倚岭上西户/茅屋石碾/枝头春燕/

记秦时雨烟/薄香如雾/孟女姜娘/泪落哭泉/成一池汪汪清泉/魂香故里/染一片红雨风流地/桃花仙

人自老/春长好/岁月如旧/游人怨春迟花短/唯有桃花/好一番浓情蜜意/红尽秋实妍

桃源神话

沉睡了一个冬季/耐不住寂寞的山坳/睁开了惺忪蒙眬的眼/含情脉脉/桃花的心醉了/绽放一朵两朵/千朵万朵/烟霞染红了/刚刚苏醒的山林

含苞欲放的花蕾啊/你眷恋着什么/难道你还在期盼/浪迹天涯的游子/琢磨不定归期里意外的重逢/难道你还在眷恋/远方的情哥哥/初恋时没有说完的/清如甘泉灿若繁星/不灭的情话

风情万种的邻家妹子啊/在桃林深处/偷听桃蕊心动的旋律/碧绿的罗裙染绿了枝丫/瀑布般的长发上/散落着细碎的花瓣/如同蜜般缠绵的悄悄话

莫不是桃花源里的清闲/眼馋了黄土高原的脊梁/于是盛开了

嫣然的桃花/莫不是王母动情/散落的一个桃子/于是在王益的大地上/蜜一样的鲜桃铺满了南北的山崖

　　莫不是范喜良魂牵梦绕的故园/还是孟姜女的泪泉/浸泡过的蕊芽/于是有了"孟姜红"/色鲜味美/誉满天下

　　君可见/金锁关里/落红飞舞伴杨柳/娇人儿粉面赛桃花/君可听/演池与孟家原/琴瑟和鸣/演奏着范郎姜女千年美丽的传说/吟唱着"孟姜红"蜜一样璀璨的神话/流芳在华夏大地/散落向百姓人家

采桑子·仙葩（外一首）

耿　超

　　风姿独领三春好，灼灼夭夭。逸韵飘飘，浪浪香潮入碧霄。
　　忽观半树苍槐后，洗尽妍娆。更具清姣，不近凡尘最为娇。

孟家原桃花

　　佳人梳妆就，浅步上枝头，
　　朝拾五色露，暮采月华柔。
　　韵雅清玉颜，香幽淡心愁，
　　绰约群仙子，摇曳尽风流，
　　飘然白云边，漫山舞红绸。

桃 花 赋

赵小彦

三月芬芳的桃花 / 一如美丽多姿的女子 / 婷婷袅袅，满面春风 / 看看唐伯虎的桃花诗 / 就知道 / 古往今来无数的文人墨客 / 为何为之动容

三月怒放的桃花 / 一如美好如诗的爱情 / 甜甜美美，绽放热情 / 听听崔护的"人面桃花相映红" / 就明白 / 滚滚红尘无数的男男女女 / 为何为之钟情

三月满园的桃花 / 一如安然恬适的梦境 / 浅浅淡淡，与世无争 / 读读陶渊明的《桃花源记》/ 就向往 / 山清水秀　无数的黄发垂髫 / 世外怡然自乐

妍 丽

佘 蓓

经了一冬的历练，早春的酝酿，摇落一季的飞絮，带来一抹粉红，渲染了一树春光。

最是那染遍枝头的红颜，和荡漾空间的气息，吟者的笔在花蕊

间穿梭，描摹属于你的诗情画意。

当春天的气息触动你的经络，你悠然而至，告知我属于春天的秘密。你在我的灵魂中，我在你游弋的眼眸里，然后咫尺千里，如此相安。

词二首〔新韵〕

杨　捷

行香子·咏桃

树绕农家，又发新芽。依东风，遥望枝斜。众芳竞艳，诗意吟嗟。赏黄如纱，白如雪，粉如霞。

远远篱笆，隐隐田洼。纸鸢飘，笑引娇娃。娉婷红袖，烂漫年华。正殷功思，酒仙喜，六如夸。

风入松·桃源行

高原晓雾暖阳升，雨后草青青。莺啼燕舞相携趣，一丝柳，一寸柔情。心静随风惬意，人闲与世无争。

桃羞杏醉海棠红，梨蕊俏玲珑。千株怒放铜川绽，引双眸，万物新生。只盼春光常驻，更求花艳常红。

北方·城市·桃李

田国仓

在我们的眸子里,桃李就是那一排排的奇异风景。
桃亦不是果园的陈旧象征,是城市温婉秀丽的一部部经卷。
李亦不是村前门外的造型,是街衢恒久不变的一排排列兵。
一岁一频的三四月,桃李的真迹固定成北方的身影。
一簇簇的一团团的花束,点缀着我们生活的户外荧屏。
桃树不似有棕榈般的摆响,却会在寒春里随北风微微抖鸣。
李树不似有榕树的气根而婆娑,却会在暖阳里玉立亭亭。
桃李忽然间吐蕊映入我们眼帘,不经意地保持喧嚣中的宁静。
春意的北国是什么,我寻找到了那一种简单的纯情。
这一刻的北方是什么,桃李的灼艳占领了城市的心灵。
也许,这满城的芬芳和馨香,已将春天里花的情结深深铭记。

三月桃花(外二首)

李 婷

焦灼地等待了一个四季轮回 / 此刻,任由青春尽情地渲染 / 一出场便占尽春的颜色 / 你的清香,你的艳丽 / 绰约的丰姿映亮了三

月 / 绯红的笑颜燃烧着春天

蜂鸣蝶舞不是你的本意 / 缘来缘去任由世人评说 / 那些道听途说的秘密 / 怎能挡得住桃花汛期 / 在你莅临的三月大地 / 轻施粉黛白衣红唇

爱如桃花

爱，就在这样的时刻 / 春日暖阳，万物苏醒 / 蜜蜂殷勤地采摘甜蜜 / 蝴蝶快乐地展开双翅 / 桃花，也适时地吐出花蕊 / 粉红佳人，袅袅婷婷 / 粉面含羞怎遮得住清香扑鼻 / 高挂枝头恰似你梦中的新娘

爱，就在这样的时刻 / 不误韶华，不负年少 / 泪珠也流淌着蜜样甘甜 / 凋落也奉献出落红点点 / 桃花，百花争艳中翩然绽开 / 不说人面，不言等待 / 春寒料峭遮不住笑颜粲然 / 一树亮丽点燃渴盼的眼神 / 一阵馨香诉说春天的思念

像花一样绽放

努力吐出最美的花蕊 / 是为了在芸芸众生中 / 吸引你那游移的目光

为了这一刻的炫丽 / 曾历经一冬的萎败 / 早春的酝酿 / 在阳光越来越温暖的抚慰下 / 含苞　吐蕊　盛开 / 青春的生命因为有了爱 / 绽放出最美的状态

因为爱 / 选择美丽坚强的生活 / 因为爱 / 忍受着鲜为人知的哀伤 / 忧郁的眼神只留给独处的时光

只为看到你眼中被温柔包裹的深情 / 只为看到你嘴角被幸福萦绕的笑意 / 飘落尘世的爱恋中 / 生命 / 像花一样选择绽放

一 路 同 行

李延军

一路同行 / 我的爱人 / 我的生活 / 前呼后拥 / 都是你的笑脸 / 你跳着，叫着 / 忽左忽右 / 总是在最需要陪伴的时候 / 跳出来几朵啊 / 粉红的笑脸 / 与苍松为伴

一路同行 / 我的女神 / 有如神助 / 你的队伍拥上了山梁 / 连接了天地 / 千军万马 / 浩浩荡荡啊 / 我听到了战马的嘶鸣 / 和春风的歌唱

一路同行 / 我的挚爱 / 如同画笔渲染 / 像复印一样 / 一瞬间 / 你就占满了我心灵的 / 角角落落 / 我怎么也想不透 / 是谁给了你这样的勇气 / 和铺天盖地的力量

一路同行 / 我的左右 / 我们跨上危崖 / 风吹得我们晃动 / 拨开山岚 / 历史被阳光检阅 / 黄昏的剪影中 / 我们诵到了真经 / 于是 / 我挽上祥云的臂膀 / 吹一口气 / 将繁星撒向人间……

花 神 会

党 雁

春来了，众花神齐聚桃花园……/ 桃花神——息夫人——超我高贵 / 杏花神——杨玉环——华丽幽怨 / 石榴花神——卫氏——贤达百媚 / 荷花神——西施——秀美婉约 / 葵花神——李夫人——有理有节 / 芙蓉花神——花蕊夫人——成败坦然 / 桂花神——徐贤妃——温柔贤淑 / 菊花神——左贵嫔——大智大勇 / 牡丹花神——丽娟——小女大气 / 茶花神——王昭君——女可敌国 / 水仙花神——洛神——孤漠冷艳 / 梅花神——寿阳公主——慎独家园 / 真可叹：/ 往昔花神迷雾中 / 今朝佳丽争春瞳

桃花源·桃花潭

吴泽民

你羞涩地躲在深山丛林之中 / 是天女散落的 / 阿牛吟唱的那朵桃花吗 / 是穆桂英戍边的梳妆台 / 还是鬼谷子的道场

我来晚了

高山掩不住你的姹紫嫣红 / 深壑挡不住你的婀娜多姿 / 你是郦道元《水经注》溅出的一滴水 / 是沈括《梦溪笔谈》中的梦溪 / 还是陶渊明流连的那方胜地

我真的来晚了

或许你就是金庸心中的桃花岛 / 只因杨过与小龙女的爱情太凄美 / 妒忌得上苍把你匿藏 / 而你的娇艳 / 引得十里飘香夜出红墙

我来得太晚了

有人说 / 你的娇艳是昙花一现 / 有人说 / 你的幽香会醉倒负心汉 / 而这一湾碧绿 / 却倒映着你永恒的灿烂

我不想走了

桃花诗四首

胡菊花

一

纱窗日落渐黄昏，旧屋无人见泪痕。
寂寞空庭春欲晚，桃花满树血染成！

二

停杯投箸谁向问，飞花跋扈为谁栽？
举目四顾苍山远，残阳一抹伴我来！

三

淅沥春雨敲无眠，庭外满眼尽桃开。
隔院喇叭依时鸣，豪歌起处心生哀。

四

桃花淡白柳深青,柳絮飞时花满城。
惆怅东山一枝雪,人生看得几清明。

七绝·春桃吟

程良宝

一

信手拈来一片云,春枝作笔点诗心。
香风和韵染情境,更有莺吟共我吟。

二

一夜丝丝细雨长,春桃几树舞霓裳。
无言红泪凭谁止?化作尘泥犹带香。

三

初雨山乡微带凉,野桃几树显春光。
只缘怕被东风怨,红蕾枝头急放香。

四

谁遣红霞落岭前,迷蜂迷雀亦迷仙。
不要诗歌颜色好,但求心内有春天。

桃花漫思

李艳蓉

一

在那桃花盛开的季节里 / 一枚粉嘟嘟的瓣 / 爬上了绝代佳人的脸 / 挽着七彩的阳光 / 揽一缕笑容灿烂

孟家原用美好的诗句 / 把你悉心装扮 / 洋洋洒洒的春雨滋润你的容颜 / 将故事，装进一只只桃筐里 / 荡漾在眉宇间

你舞动的裙裾 / 刮起了黄土高原上的沙 / 嫣红姹紫的美丽新娘 / 感受着成长中艰辛的故事

你一路北上，只为了那纯真的爱情 / 饮尽了多少凝露 / 啊，你踏遍了八百里秦川 / 只为了一份执着忠贞 / 无与伦比的韵味 / 不知感染了多少后来人

二

桃花正开时 / 我怀揣着 / 一兜兜的浪漫 / 拽一缕切切的期盼

挎着七彩阳光的温暖 / 一股脑儿地 / 把它洒在 / 孟家原的原畔

为了嗅 / 你那绝代佳人的如兰吐气 / 我用诗句把你装扮 / 为了吻 / 你那粉嘟嘟的容颜 / 我用心品读 / 你那一篮子的故事新编

你裙舞裾动 / 引来了嘤嘤的蝶舞蜂喧 / 春天的优雅 / 在你的身边烂漫 / 你粉妆玉砌 / 楚楚动人 / 瞬间 / 就恍惚了我迷离的双眼 / 抚

摸着你的亭亭玉立/心湖里泛起阵阵的漪涟/端详着你执着的期盼/我摸到了你一冬的依恋

虽然你步履蹒跚/虽然你成长艰难/但为了八百里秦川的起伏连绵/你无悔无怨地付出了/太多太多的攀缘

也正是你不倦的追求/才有了人世间蜜一样的甘甜/铜川,耀县/还有那大江南北的水水山山/其实你并不需要人们给你礼赞/只为了给苦辣的人生一份励勉

那漫山的沟沟坎坎/我知道/到处都是你同行的伙伴/等到硕果飘香的时节/人们的口碑/就是给你最最高贵的王冠!

三

眼望着/粉色阡陌/回忆/田野上,站起的你/在猎猎寒风中/把春天翘望/花开季节/那浓浓的香/沁入丰收的金果/甜了、醉了/果农的心

一棵小苗/幻化成玉树/地面上/散落着的一层层花瓣/如天丝锦缎上/躺着一个疲惫的身影/脸上,爬满幸福的笑容

桃花吟四首

苏军霞

鹧鸪天·桃花醉

娇媚从无叶护呵，春风过处漫山坡。
夭夭香蕊争词韵，灼灼粉面映梦河。
轻唱和，慢吟哦，浓情柔作鹧鸪歌。
诗人总醉桃花雨，心底文章起浪波。

喝火令·桃花雨

点点桃花雨，纷纷落满怀。几多离恨淹阴霾。魂去粉香犹在，缕缕散尘埃。

有酒堪当醉，闲愁入韵来。笛声何处韵哀哀。泪湿清明，泪湿忆成衰。泪湿锦裳无语，孤影对楼台。

卜算子·花事

淡雅惹回眸，俏蕾枝头媚。笑靥含羞且带娇，风过闻香蕊。
蛱蝶本多情，恋恋花容睡。舞尽缠绵不肯归，一任花心醉。

七律·桃园花事

山前山后又桃红，春醒孟原花事浓。
蛱蝶翩跹拈雅韵，蜜蜂忙碌采馨风。
人间妙曲莺喉唱，画里晴光燕剪功。
诗笔涂香沁肺腑，吟哦能不意朦胧。

孟姜红 梦里红（外一首）

何文朝

爬上黄土的高坡，/我追寻"孟姜红"/喉咙干渴得快要发疯了，/眼耳鼻舌身，/全被妩媚、妖娆和爱击中。

跟着感觉，凭着相机，/随波逐流，不辨西东。/与最艳的一朵眉来眼去，/私订终身……

春风告诉远客：/是花，/不必娇羞，也无须证明。

桃李不言

甜滋滋的水蜜桃汁，/黄澄澄的甜脆酥梨，/摆上了千家万户的茶几，/令我一次次回味/仲春的孟家原，/原上的桃花盛会。

我痴情地叩问：/山有多高？/水有多深？/月有多圆？/花有多好？/桃李不言。

桃花辞（外一首）

李双霖

一

我的桃花／在李白的诗里／你是一潭友情的水／映照了三千年的浓情／送也送不完的眷顾／被我们麻木地吟诵着／汪伦走了／他身后的唐朝被杨玉环丰盈成了美丽故事／被马嵬坡的风／吹成一曲千古绝唱

二

宋朝的风吹瘦了西湖／你在谁家的后院／开放成寂寞／散曲里／你清瘦如梅／西风瘦马驮不走你的秋天／而你在冬天里孕育／孕育成格格头顶的一片灿烂／宫墙外的春天／在谁的云鬓里妖娆／我的桃花啊／你想喊／喊得出压抑了一个冬天的思念吗

三

我知道／昨夜的春风唤醒了你／在我们还来不及翘望的早晨／春天就这么快地来了／你就这么快地／从南到北／从词语里绽放／在焦褐的山野里／你神情自若地绽放成温暖的烟霞／你，就是要绽放成春天里第一道醉人的风景

四

你来了 / 不带一片绿叶 / 你来了 / 不带一只蜜蜂 / 你来了 / 带来了满眼的祥瑞 / 带来了满山的娇艳 / 也许,你就是一个完整的春天 / 也许,春天因你才更加完整 / 你来了 / 在孟姜女哭过的春天 / 你用烟霞织成的绢帕 / 为她擦拭秦朝的眼泪 / 你来了 / 站在我们灿烂的生活里 / 用那些粉色的花朵 / 织一幅盛世的锦绣

五

哦,我的桃花 / 你不是从古到今无数叫桃花的女子 / 你不是丹青妙笔水墨了无数次的花朵 / 也不是唱着民歌等待高加林的陕北妹妹 / 你,是山崖上第一个敢用美丽的花朵说话的春天

哦,我的桃花 / 我的山桃花 / 你是大山彩色的翅膀 / 我知道 / 有多少桃花 / 就有多少渴望 / 有多少桃花 / 就有多少爱的故事 / 有多少桃花 / 就有多少明媚的春天

化一树桃花

假如,你是一座大山,就让我做一棵山桃吧。再冷的冬天,我都愿意站在你的怀抱。让我的根须,触摸着你的胸膛。飘雪的日子,我们一起翘望,直到春风又一次吹过山岭。

假如,你是一汪山泉,就让我化一树桃花吧。我要用粉红的花瓣告诉你,我们已经走过严冬。寂寞的大山奏响了春的序曲,我要开放成那最美的景致。用你的似水柔情,映照我羞涩的容颜。

假如,你是三月寂寥的时光,我愿意化一树桃花。用我的花朵

美丽你的分分秒秒，那惊艳的花儿是我积攒了千年的情愫。我要用红霞般滚烫的语言，给你写一首爱的长诗。我愿意站在你的三月，尽情地开放。因为，有你的日子，才有我开放的意义。

化一树桃花，在苍凉的生活里。我要用醉人的微笑，装饰你的梦境。化一树桃花，在春天的呼唤里。我要用我的妩媚，感动你一生一世。

关 于 桃 花

刘水萍

季节的纤手轻轻地　轻轻地 / 拨动了春天的琴弦 / 蓝天　艳阳　煦风　细雨 / 相伴着喧嚷着 / 向桃花仙子发出 / 盛情的邀请

桃花紧闭了一个冬天的心扉 / 此刻打开 / 安详地抹匀了淡淡的胭脂 / 急切切赴约了 / 她们呼姐唤妹 / 相拥相携 / 妖娆地走来 / 一眨眼工夫 / 扫去山川的苍凉灰暗

桃花仙子长袖舒展 / 恣肆热烈地晾晒 / 她们的娇颜　她们的明眸　她们的妩媚 / 或倩影轻斜 / 或簇拥成团 / 鼓荡出新奇的渴盼

桃花仙子怒放燃烧 / 不惜缩短生命的历程 / 倾洒给人间温暖的情怀 / 春天的枝头 / 若没有桃花的点缀 / 怎称得上三月明媚 / 故事的篇幅 / 若没有桃花的陪衬 / 怎会有人面桃花相映红的趣谈 / 郊野的村落 / 若没有桃花的晕染 / 怎会有孟姜女故事的流传

桃花 / 在最美的时光 / 只为曾经来过 / 轰轰烈烈不是过场 / 缠绵下无数惊艳的诗句 / 让人们永远地爱上了春天……

三 姜女幽魂

瑞雪润流光,

情意绵绵女孟姜。

魂梦盼春凭远寄,

茫茫,

犹忆夫君范喜良。

晨起倚轩窗,

为制寒衣泪几行。

苦待半年无影信,

惶惶,

静夜思来欲断肠。

——调寄南乡子 / 董西学

过 哭 泉 梁

刘平安

　　宜君梁上，有一泉，相传孟姜女哭长城途经此处，洒泪而成，哭泉梁因此得名。

　　宜君梁上 / 一潭苦水 / 积腌着帝王的残暴 / 是历史典化了传说吗 / 是传说滋养着历史吗 / 总该相信她眼中 / 淌出的真诚吧
　　其实　大可不必哭哭啼啼 / 长城崩塌了拿什么抵御蛮族 / 进攻呢 / 苛政终归没被泪水泼醒 / 才有了大泽乡揭竿而起的风风雨雨 / 才有了阿房宫三十里火场的轰轰烈烈 / 只这一斑　就别 / 老是高歌横扫六合的威威武武了 / 怯弱堆砌起来不比长城低呀
　　我想　千百年 / 这潭水总该很苦很苦 / 为什么你我还饮个不停

哭　　泉

朱文杰

　　孟姜女哭倒了长城 / 怎么还有这么多泪水 / 汇成泉
　　哭，有时并不软弱 / 泪是心中怒火烧出的 / 悲愤，哭可掀狂

滔/覆暴君之舟

在宜君原上/别总唱《笑比哭好》/油腔滑调地讨嫌

那些谄媚的笑、虚假的笑/无可奈何的笑、春风得意的笑/傻笑、痴笑、苦笑、酸笑、奸笑、淫笑/总没有哭来得真诚

要哭就哭他个地覆天翻/哭他个太阳发绿,月亮发靛/哭出水倒流来/哭出六月雪来/哭出惊天地泣鬼神的阿房宫大火来

此时,方知/民不可欺,民不可侮

姜 女 泪

刘新中

君不见,一个故事至今传,中华古国笔墨繁;君不见,历史有情情不散,滋养得民间文学之花锦绣成花园。巾帼豪杰孟姜女,悲情刚烈羞儿男。泪水落地地无尘,泪水洗天天湛蓝。千年一哭流不断,秦时明月今日关。孟家原上有温馨,一方小院十亩田。大红喜字映云霞,淳朴庄稼汉,从此命运共相连。生活憧憬长山花,难抵北风透心寒。长城黑耸横空竖,新建家庭拦腰断。孟姜女,重圆男耕女织梦,义无反顾走艰难。一囊寒衣两行泪,北方之北,该是一轮明月圆。寒衣情切多温暖,心血织就一线线。头顶星稀哀鸦鸣,泪湿小路长蜿蜒。喜良丈夫在哪里?寒衣到边关,不见喜良面。十万民夫不相识,寒衣从此无人穿。姜女大哭泪水长,犹如黄河卷沙滩。哭声悲恸越高坎,凄凉哀婉直冲咸阳原。一哭秦皇多暴政,

森森白骨垒宫殿。阿房逶迤三百里,冤魂战栗不敢言。二哭百姓太可怜,赤地千里无家园。官府血口多凶残,修城造陵复苛捐,暴日凶雨加皮鞭。三哭亲人范喜良,生也凄惨死也惨。生喝黄连苦入骨,死去尸骨当城砖。泪水滔滔神鬼怨,野风枯树肝肠断,江河伴哭遂人愿,轰隆隆,万里长城颓然陷。泪水痛,泪水满,泪水如雪染山原,流落入土成哭泉。宜君梁上开天眼,泉水能洗愁和冤。泪水苦,泪难干,泪水多盐堆高山,巍巍峨峨扬旗幡。高山有名树姜女,从此后,日月可搬转,真情岂能任搬转!姜女哭,热泪千载震宇寰。大写"人"字历史举,人民不可轻欺辱,人心不可轻怠慢。琼楼玉宇多伟健,镶金裹银多灿烂。帝仗皇权多耀眼,魔怪精仙多奇幻。泪水一旦决大堤,必将是,浪卷春秋沉江底,地覆天翻都不见。呜呼!青山不老苍天鉴。孟姜女,真情真哭金不换。真的哀苦能传染,真的悲情灼人脸,真的泪水不稀软,胜过无数铁铸刀枪和宝剑。姜女故事长相伴,源远流长心震撼。姜女泪水浪花溅,浸透后人绵绵思绪无限。

三 月 雪

李月芳

碎玉琼脂/剔透着楚楚幽怜桃红/哦,三月雪/突如其来的素衣/使春子娇媚还是迷蒙/联想梅香/联想伊人/联想那个旅人的匆匆

红装素裹/粉饰了三月的田垄/哦,阳春里/令人震撼的伊人/可是出嫁娇娘的朦胧/依依婀娜/依依娉婷/依依在春天里的从容

温润晶莹/可是那仙子靓丽颜容/哦,孟姜女的故里/传颂着一代风华真情/执子之手/执子之行/执子之心的旷世之风

千古传奇孟姜女

陈有仓

一

辞别故乡走千里,关山踏破两万重。
寒雪纷飞孤身影,狂风呼啸愁愈浓。
红烛宴尔一窗梦,香巢朝阳两泪空。
张口还说千古事,把锄荷月种桃红。

二

夫君哀怨思绪扬,裙裾真情赛儿郎。
青冈悲泣泪如雨,泣血寒衣撼大荒。
搬转青山迤逦去,灵泉澹澹诉衷肠。
归鸿万里金山麓,明月清辉照还乡。

三

故居犹在桃依然,血雨霜花多少年。

春风依旧绕紫燕，秋阳高照树梢蝉。
翁媪乡人话游子，童声稚语阿姐还。
泣血杜鹃和泪啼，嫦娥曼舞月高悬。

四

漆河翻浪意无边，巍巍金山古同官。
殿阁崔嵬标千古，阑珊灯火叹长天。
苍苍碧树掩石隙，涓涓溪流环泪泉。
四方游客来奠祭，烈女临风化为仙。

哭 泉 歌

郭建民

铜川宜君哭泉梁，酷似长城一道墙，
哭泉梁有姜女祠，楹联镶嵌门两旁。
上书千古忠烈女，哭泉泪水万年长，
撼天动地泣鬼神，姜女抱恨哭断肠。
大秦始皇施暴政，劳民征夫筑城防，
骊山顿失千秋绿，九州日月黯无光。
陌上少行青壮汉，家中多有病孺娘，
铜川黄堡孟家原，青壮服役皆离乡。
群妇送夫裂肝肺，牵衣顿足哭道旁，

中有少妇孟姜女，夫君名叫范喜良。
喜良随众服役去，夫妻恩爱付黄粱，
喜良一去不复返，思念悠悠苦夜长。
四季轮回年复年，花开花落秋风凉，
千里寻夫送寒衣，翻山越岭到边疆。
长城脚下举目望，挑泥运土万人忙，
哪个是我夫郎君，哪个是我范喜良？
茫茫人海寻不见，只见城墙不见郎，
朔风飞尘迷双目，千里寻夫梦一场。
姜女生来刚烈性，不见郎君不还乡，
长城脚下放声哭，哭声动地惊上苍。
哭倒长城八百里，白骨如山葬城墙，
城墙已倒骨难分，哪块遗骨是我郎？
尸骨堆中久徘徊，乌鸦飞来绕尸翔，
姜女咬啮来滴血，血骨交殖范喜良。
夫君尸骨忙拣清，收拾包袱回家邦，
忽听身后马蹄疾，官兵追杀尘飞扬。
姜女寻夫闯大祸，哭倒长城罪难当，
死里逃生出魔掌，一路南下宜君梁。
口焦舌燥浑无力，泪如泉涌洒山冈，
哭得神明显灵圣，一股清泉汩汩淌。
姜女痛饮甘泉水，顿觉气爽清又凉，
携夫尸骨又一程，跋山涉水回故乡。
从此宜君有哭泉，风光旖旎盛名扬，

哭泉亦有姜女祠，香烟缭绕泛魂光。
历代屡修姜女庙，庙中供奉姜女像，
泥塑铁塑白玉塑，忠贞烈女堪景仰。
探本溯源源有据，断碣残碑道孟姜，
孟姜女是何地人，史称同官是故乡。
今朝宜君大变样，姜祠遗址沐朝阳，
重塑姜女新形象，大秦女子焕容妆。
山光水色紫气绕，春风染得百花香，
旅游开发壮奇景，哭泉风情万重光！

孟姜女的哭声

田成科　何蔷薇

两千多年前的哭声，依然清晰地萦绕在耳际。孟姜女的故事，一代一代人仍在讲述。

来自陕西铜川的孟姜女，以渭北女人特有的忠贞和坚强，把乡间民众的情感和愤怒，以独特的方式刻在了历史的天空上。

孟姜女的哭声，痛彻肝肺回肠荡气！饱含着年轻女人的委屈，寄托着无尽的哀怨。

孟姜女的哭声，呼天抢地如风似雪！数说着从南往北风餐露宿的艰辛，表达了为夫送衣的执着。

孟姜女的哭声，透过塞北瑟瑟的寒风，传进了几十万劳作不息的长城征夫们的心里，家乡的亲人们无时无刻不在牵挂着你们的安危。

孟姜女的哭声，在阴沉沉的天幕下弥漫，大秦帝国的铁骑和凶神恶煞的监工们也为之动容，刹那间僵持的局面体现出人性的本色。

孟姜女的哭声，是对亡夫喜良的祭奠！新婚三天就被征走，哪知从此天各一方阴阳两界！

孟姜女的哭声，是对命运不公的抗议！安分守己勤勉耕织，怎么能遭此劫难？

孟姜女的哭声，是对秦朝暴政的控诉！消灭东方六国一统天下的始皇帝，你可知道人民需要休养生息？

连年的征战，繁杂的劳役，严刑峻法，百姓的活路在哪里？

孟姜女的哭声，是对社会黑暗不公的哭诉！官吏们贪污腐化骄奢淫逸，老百姓起早贪黑苦苦挣扎。

除了罚，就是杀。苟且偷安不易，安居乐业更难。

孟姜女的哭声，是对当局者的抗争！民不畏死，你能奈我何？既然丈夫累死连骸骨都已填入长城，如此轻民贱民，百姓还能顾忌什么？

孟姜女的哭声，是与世界决绝的声明！既然无法生存，那就以死抗争。既然家已破，干脆拼死一搏，索性把积压心头的愤怒彻底倾泻。

孟姜女的哭声，是广大民众的声音！虽说任劳任怨忍辱负重是祖传的性格，可谁要剥夺了我们生存生活的权利，扼杀了我们的喜怒哀乐，逼得走投无路了，我们将揭竿而起与他拼个鱼死网破！大泽乡的陈胜、吴广是这样，黄土高原的李自成、张献忠也是这样。

孟姜女的哭声，感天动地泣鬼神！在她如泣如诉的哭声中，绵延的秦长城霎时南倾，累累白骨随着散落的土石重见天日。这是多么神奇的一瞬间，高大雄伟的建筑灰飞烟灭，这是怎样的一种力量，寄托了民众什么样的情感和愿望！

孟姜女的哭声，是一种告诫！民众能够安居乐业家庭和谐，社会才能风平浪静蒸蒸日上。民众饥寒交迫妻离子散，社会必然风雨交加危机重重。

孟姜女的哭声，是一种警示！以民为本爱惜民力则国泰民安，强根固本重在人心。水能载舟也能覆舟的道理，必须时时铭记镌刻心中。

孟姜女的哭声，是历史的总结。孟姜女的哭声，是现实的昭示。

孟姜女的哭声，我们应该随时听听；孟姜女的故事，我们应该经常讲讲。居安思危，我们前行的脚步才能踏稳走好！

九张机·孟姜女

董西学

一张机。始皇称帝坐宫闱。江山一统丰功伟。抓丁服役，隘墙高垒，防患固边陲。

两张机。孟姜邻里意痴痴。同时得第忠君事。尽心奉主，良言好劝，无奈弃官回。

三张机。清闲度日乐滋滋。堂前巧燕鸣春媚。悠然得趣，共欢齐乐，未敢负芳菲。

四张机。阳春未见燕双飞。可怜孟老心憔悴。真诚苦待，纸包红布，携得籽儿归。

五张机。精培细养共心期。独墙别院枝连理。葫芦秧下，两家同育，倩女露凝脂。

六张机。书生诗乞过门篱。方知故旧遭奸计。穷途不悔，喜良入赘，谁肯误佳期？

七张机。仙鸾彩凤痛分离。筑关修隘何言弃？生生两地，情心怎忍？边塞送寒衣。

八张机。风餐露宿上边池。闻听噩耗悲飞泪。长城崩塌，寻尸抱恨，嬴政起邪思。

九张机。孟姜烈女假心依。范郎玉藏成天赐。沉身江底，坚贞守爱，亘古咏传奇。

孟 姜 女

杜战荣

领略秦风汉韵 / 谁让我肝肠寸断 / 谁让我悲摧无眠 / 那个和长城有染的花事 / 那个叫孟姜的女子 / 从一个传说中喷涌而出 / 溢满漆水两岸 / 萦绕金山之巅

孟姜女 / 一个水一样的女子 / 玲珑剔透 / 清澈甘醇 / 一腔柔情都化作了汹涌的 / 泪水 / 任是那长城坚固 / 怎敌这声声悲啼

孟姜女 / 一个火一样的女子 / 轰轰烈烈 / 刚烈忠贞 / 千里寻夫 / 凭

的是心中不熄的火种 / 背负尸骨 / 靠的是不离不弃的忠诚 / 任是那追兵声疾 / 怎敌这烈烈衷情

孟姜女 / 一个梦一样的女子 / 如诉如泣 / 萦绕入梦 / 一件寒衣 / 从千里送到千古 / 一泓哭泉 / 从秦朝涌流今生 / 而今 / 金山脚下 / 那个传说更是如梦如幻 / 哀婉动听 / 孟姜故里 / 千亩桃林万树桃花一夜竟开 / 也许 / 那娇艳欲滴的粉红 / 正是你生生世世不改的容颜 / 如水 / 如火 / 如梦

孟姜女词

任迎霞

清风明月云突起，鸳鸯情深遭犬袭。
筑城王命不可违，琴瑟呜咽声声悲。
夫君徭役去何处？泪如泉涌洗蛾眉。
昨日恩爱桃园里，今宵分别衙役催。
横征暴敛家不安，高墙岂能防国危？
刀戈震晃作闪电，哀号遍野响惊雷。
夫到岔处筋骨响，妇于悲痛泪潸泣。
班马萧萧绝尘去，生死茫茫音讯没。
相思情浓日渐寒，野山凄冷况边关。
冷月透窗照孤影，夜鹃偶尔声长短。
老弱妇孺惧兵乱，姜女为郎赴危难。

跋山涉水山岭间,不觅夫君誓不还。
千帆过尽皆不见,泪雨顿作天河灌。
仇怨凝结城难固,风切雨摧碎屏栏。
墙倾楫塌如灰飞,枷断锁开役人归。
上苍悲悯女儿情,倾城默呈范郎身。
痴抱白骨偎胸前,悲鸣万里皇城颤。
恼羞成怒王颁诏,捉拿逆妇回京銮。
王怒岂撼天地怨,追兵难过搬转山。
神灵护佑魔让路,贞烈孟姜负骨还。
生为连理枝枝绕,逝作白玉藏椟间。
情到真处浓亦淡,为君参入万世禅。
风理云鬓岚为衫,清泪滴滴化甘泉。
皇朝溃败须臾间,高墙虽存遗笑谈。
白云悠悠情思远,爱神坐化天地间。

沁园春·咏孟姜女

赵奇立

千古流芳,口碑传扬,善哉孟姜!任长城万里,重重关隘;风餐露宿,不改思量。白骨堆中,认亲滴血,誓葬夫君范喜良。何留恋,但殉情而去,跃海沉江。

秦皇难买衷肠,轻百姓,匆匆二世长。惜孟姜未遇,太平盛世；使其穿越，共享安康。举案齐眉，西窗剪烛，翻唱人间恩爱长！从此后，把人生苦难，一扫而光！

孟姜女

秦凤岗

一抹夕阳透过窗棂，映射着书案上的一盆红杜鹃。花瓣变得格外艳丽灿烂，映红了我苍白的脸……

我埋头写作《孟姜女》，投入了理智，投入了精神，投入了情感。

忘记了旭日升起，忘记了星斗满天。忘记饥饿，忘记了疲倦……

我就是笔下的纤纤弱女，哭倒了逶迤的长城；哭裂了干旱的峻岭，使其泉水汹涌；搬转了大山的方向，挡住秦始皇的追兵……

我经过如此悲壮艰难的行程，心力交瘁达极点。就在孟姜女力竭而死时，瘫倒在书案前。

诗 三 首

张文艳

一 桃花殇

昨日桃花映红装,今朝寒月对愁肠。
一声徭役一声泪,处处离情处处伤。
天若有情惜连理,奈何边塞风紧凉。
不见始皇千古业,唯留姜女诉离殇。

二 贞女孟姜

鸾鸟送籽生孟姜,三生石上配范郎。
兰蕙妙龄兰蕙心,桃花园里桃花香。
桃之夭夭两相合,漆水绵绵情意长。
从役三载独不返,徒行千里送寒裳。

三 香魂

累累尸骨砌城隍,城圮山崩情断肠。
啮指沥血辨夫骸,携骨同心归故乡。
始皇哪知相思苦,比翼双飞是沧桑。
君问贞烈何所道,金山遗像有辉光。

孟姜女哭长城（秦腔唱词）

吴阳旗

望见长城墙，我眼含珠玉泪涟涟。听罢军爷言，孟姜女我心中凄惨惨！篮提祭食献，将我的范郎哭上一遍。狠心的范郎呀：你睁眼看，看看孟姜多可怜。我本扎根孟家院，瓜蔓儿却长到院外面。花儿开在隔墙上，大瓜儿吊在了姜家院。金秋十月瓜蒂落，摘瓜儿孟姜两家推让着。谁知瓜儿地上掉，蹦出个千金两喜合。孟家养来姜家喂，跟谁家姓来不跟谁家对。孟家说是他亲女，姜家道是他千金。七姓八白邻家问，两家说的都有理。懂事的孟姜无偏心，大家就叫我孟姜女。一梦里长到了十七八岁，童年的孟姜欢乐无比。我好比孟家花一朵，又好似姜家的无瑕玉。四镇八方十六邻，说媒的婆婆排成了队。谁知我魂儿把窍迷，只看上了你范家穷小子。谁叫你英俊潇洒人诚实，谁叫你说爱我对天发誓。我说是孟姜两家无劳力，为爱我你说你父母双亡愿倒插门。谁叫我糊里糊涂跟了你，谁叫咱急急忙忙又结了婚。谁叫那兵荒马乱太平少，谁叫那荒荒唐唐的世事捉弄人。成婚三天咱喜未退，你却被拉丁筑墙出劳役。这一去呀！我的范郎呀，你叫我巴巴地等你却无回音。你一去近三年无音信，我三年里孝敬咱双亲。白天里洗衣做饭忙种地，黑夜里锥帮纳底儿将布织。洗衣时以水当镜欲看深，想映出你英俊潇洒情义真。做饭时顿顿多做一份，只指望你中午不归下午归。种地时我手搭凉棚望四处，只盼你东南西北路上回。黑夜里我锥帮纳底儿将油灯陪，灯花儿结彩我喜心里。黑夜里我纺线织布度孤寂，多少冷风吹门响我看回回。范郎啊！三年里你没有一回给惊喜。直陪得二老双双去世，陪得两冬已过三冬至。十月猛然想起你，你狠心的，一年三季都好搞，寒冬里拿什么去遮身。想夫你我身负棉衣定主意，不惧千里来寻你，谁知你狠心的早已、早已钻墙里。我一处处哭，一处处寻，一处处长城墙边两泪迹。哭声儿感动了天和地，泣血的泪蛋蛋将城墙击毁。长城一倒八百里，白骨累累多冤魂。沥血白骨我将你认，将你白骨裹衣内。身负遗骨我（这才）返故里，谁知道长城墙倒引军骑。风驰电掣把我追，吓得我慌不择路往荆棘。哪里偏僻走哪里，身负白骨如生翼。提携我翻山越岭快如飞，裙裤儿枣刺都扎满。直挂荆棘少了弯，搬转好大一座山。这才将追兵给阻断，一下子直到金山边。又累又饥渴万般，欣喜金山裂石罅。漏出玉液生我还，看山巅石洞成天然。我爬上石洞避风寒，开棉衣我观仔细。原来是一只金燕泪凄凄，扇动羽翼将舞起。我突然如坠云雾里，仙点得我坐化。金燕对我唱前身，原来是那一年来那一春。金山欲配一玉女，燕衔负赶往飞。三月桃花红艳艳，惹得仙女起凡心。金燕仙女两落俗，作一劫动众心。孟姜女儿哭长城，烈女坐化金山祠。每每感动泪如雨，化成甘露滋润后人。

七律二首

谢华利

一 姜女祠

松风碧水意连绵,明月星稀照逝川。
贞烈寒泉从此涌,女英坐化自成仙。
梅香时节清香溢,玉洁冰清真爱怜。
秋雨春风多少事,人生何必对愁眠。

二 桃花落

飞红无奈舞蹁跹,落幕回头又一年。
总有真情怒放日,何须计较揪心田。
美人怅意去无影,游客悠然听杜鹃。
幽梦繁华终有尽,人间永远是春天。

游孟姜女祠（外一首）

李双霖

春风醒了 / 我看到院子里几树迟开的梅 / 陪着你 / 陪着一汪再过千年 / 也流不干的眼泪

我来了 / 从故事里慕名而来 / 三月的一个中午 / 走近一段被凄凉了几千年的爱情 / 风，不管前后左右 / 都不再刺骨 / 在孟姜女祠 / 我看到一个女子站在历史的崖壁上眺望爱情 / 她的身后 / 跌落了一个又一个王朝 / 不需要秦砖汉瓦 / 简陋的山洞里就是你们爱的殿堂 / 无数渴望爱情的人 / 用心点燃一炷高香 / 因为爱的供养 / 一个命运悲惨的女子 / 丰盈成美丽的女神

孟姜女 / 活在我的眼里 / 不是祠里一尊坚硬的塑像

写给孟姜女

用十万朵桃花 / 为你铺出一个春天 / 用三千里月光 / 擦拭你一路向北的泪痕 / 我宁愿你只是一个美丽的故事 / 在一个个跌倒的封建王朝之后 / 还住在我们的梦里 / 在爱情越来越廉价的时候 / 年年被春风唤醒

孟姜女 / 当爱情成为一个虚无缥缈的词语 / 有谁如你 / 背着厚厚的棉衣 / 跋涉那些思念的山山水水 / 抵御爱情的风雨 / 寻夫的漫漫长路啊 / 何止万里

用十万朵桃花为你写一首歌谣 / 用十万朵桃花为你编织嫁衣 / 在春天 / 用十万朵桃花 / 把你的新郎唤起

想起了孟姜女

杨五贵

小时候　母亲口中的孟姜女 / 带着几分神秘几分离奇 / 抓住了我一颗年少的心 / 让我知道了秦始皇的暴戾

学生时代懵懂渐开的我 / 知道了孟姜女是范喜良的妻 / 为给抓去修长城的丈夫 / 不远万里一步步赶去送寒衣

如今的我才恍然大悟 / 原来我们这里是孟姜女出生地 / 从此孟姜女不再遥远 / 她不过比我早出生二十多个世纪

我想 / 如果我也出生在那个时代 / 说不准也被抓去服徭役 / 乡关渺渺永无归期 / 只能把那沉重的夯高高地抬起 / 衣衫湿透骨瘦嶙峋 / 只能把眼泪一滴滴咽进肚里

不　我不甘心如此做奴隶 / 我要奋起　揭竿而起 / 不自由　毋宁死 / 要闹他个鱼死网破 / 长长地 / 吐出胸中一股股闷气

为什么　为什么 / 你高高在上 / 尽享荣华富贵 / 我活着　生不如死

我要把长剑高高举起 / 刺向你的心脏 / 暴君 / 让你死无葬身之地

看那　自由的旗帜 / 在蔚蓝的天空下 / 随风飘扬 / 永生永世

姜女泪　悠悠情

温晓艳

千年来迈着蹒跚的步履 / 丈量过千山万壑的艰辛 / 跨过岁月的沟沟坎坎 / 寻夫千里杳无音信 / 孟姜女的滴滴眼泪流经千古 / 汇成清澈的汩汩山泉 / 那水草一般的眼睫毛透着柔情 / 泉水倒映着她那桃花般的容颜 / 这美丽与一池相思的泉水永远相依相守

采一朵初绽的山桃花 / 插在那柔软的发髻 / 花瓣儿催醒姜女的寻夫梦 / 盼啊盼　盼一封遥远的书信 / 等啊等　等一个千里外的回音 / 仿佛听见那年轻而强壮的尸骨 / 在石头缝里呻吟着哭泣着 / 在黄土堆里无声地呼唤着

美丽的女子柔弱的双肩 / 扛起丈夫男儿的铁骨之躯 / 把最亲的人带回他朝思暮想的家乡 / 千里迢迢苦苦跋涉在 / 荆棘丛生野兽出没的荒野 / 孟姜女悠悠的思君念夫之情 / 融为滴滴汗水镌刻成千古的文字

这血凝成的文字散发着忠贞气息 / 这泪珍珠般闪耀着千年的璀璨光辉 / 姜女祠孟姜女的雕像　姜女泉的水啊 / 孟家原千年盛开的朵朵桃花 / 见证着一段历史一段悲情 / 姜女的故事永远扎根在中华民族的大地 / 姜女的故事永远流传在祖国人民心里

姜女泉流淌的姜女泪 / 姜女祠流传的悠悠情 / 跨越中华民族千年历史 / 传播中华大地千年文明

一剪梅·春游姜女祠二首

高雪艳

一

泉映桃花第一枝。灼灼夭夭,照亮姜祠。春风倾诉世间情,埙奏悲歌,箫笛成诗。

多少衣襟风月之。却步阶前,杨柳垂丝。年年岁岁碧花芳,渲染河山,感动相知。

二

布谷声声山谷中。野草青青,春水融融。桃花片片照山明,男女青年,爱意朦胧。

姜女祠前倾诉衷。海誓山盟,词语无穷。桃花人面醉羞红,面对情神,头上苍穹。

从孟姜女身边走过

李芳琴

我又看到了梦中的桃花 / 窈窕的你依旧那样含笑迷人 / 笑看着人间、笑看着人生 / 是谁在舞动着花好月圆的世界

经历两千多年的风雨 / 你忠贞不渝的爱情故事仍为人们所传颂 / 在这桃花盛开的地方 / 山不再寂静,水不再凝结

万里长城,在你的眼前痛哭了 / 所有的感动,变成了那江水河流 / 在你看穿岁月的日子里 / 疼痛了那一次次的等待

跋涉万里,来到了石头上呼唤 / 带着满怀的心愿站在城墙上沉思 / 把希望全都交给了风雨 / 无悔无怨着与他所许下的诺言

不论千辛万苦,都坚定地走着 / 一次次穿过了山水,疲惫了梦幻 / 所有的一切,就这样沉浮不定 / 岁月就是这样的匆匆忙忙

带着对生活的厚爱 / 带着对他的思念与祝愿,跋山涉水 / 裹着烽火硝烟,漫着血雨腥风 / 不论千辛万苦,都坚定地走着

流尽了自己最后的那一滴血泪 / 把那一根根骨头,垒砌起来掩埋 / 在那一片土地上许愿着心的怀念 / 躺在脊梁上与阳光风雨融为一体

千古尽唱了历史的进程与呐喊 / 终于,哭塌了那一道坚固的城墙 / 你……你……就这样永远了…… / 站在那朵朵云彩下

徘徊在山间小径上 / 走在绿树桃花间 / 走过孟姜女身边 / 多少人为你感叹,我只记住你的精神

孟姜女故里的桃花

贾笃拴

太平洋上的暖风从海南岛吹起 / 飞跃雷州湾又悠悠地越过长江 / 爬过了秦岭山又漫卷了古老的 / 长安和咸阳，一路唤醒满开的桃花 / 将她送到了孟姜女的故乡

到了四月的第一个星期 / 桃花来到了渭北的原上 / 也许是只作了一个晚上的停留 / 就悄悄地满原绽放 / 第二天一早，整个孟家原 / 就是一片桃红的海洋

桃花装点着的山原 / 是那样的静谧又清爽 / 乡村是安静的，田野是安静的 / 一树树静静开放着的桃花 / 是人们宁静而又快乐心情的绽放

桃花装点着的山原 / 是那样的优美又炫亮 / 茂密而又错落的桃园 / 把道路和天空如画一样地分镶 / 天空犹如一条湛蓝的丝带 / 牵引着千朵万朵美丽的桃花 / 在这春意盎然里舞蹈歌唱

桃花装点着的山原 / 是那样的和善又慈祥 / 在那去往中心小学的路口 / 在那一株株桃树下 / 手拉着孙儿的大爷大娘 / 那皱纹中的微笑就像桃花一样

桃花装点着的山原 / 是那样的温馨又充满希望 / 无论是坐在桃树下 / 还是走在田园的路上 / 你都能感觉到淡淡的花香 / 人们那轻缓交谈的话语中 / 都流露着对明天的美好期望

这春日的暖风漫卷着 / 唤醒的桃花一路绽放 / 走过了渭北高原 / 带着春的信息悠悠地北上

对孟姜女的记叙

宋毅军

那一年的春天,你是幸福的 / 蒲公英的花盏,照亮了田野 / 长长的柳丝散开了扭结的寒风 / 山那边的牛车,赶着时辰来了 / 在父母欣慰的怅望中你离开了家 / 那一年的春天,是你新婚的开始

明亮的日子好像门前的溪水 / 总以为好时光会在身上扎根 / 夫君在胡麻开花的时候被征戍边 / 思念自此像炊烟飞向天边 / 有人说那是在遥远的北方:多少人 / 是"十五从军征,八十始得归"

没有人知道你心中的郁悒 / 你心中的怀想又向谁去诉说 / 蝉被秋风钳紧不再鸣叫 / 白云里南飞的鸿雁联翩飞过 / 你不舍昼夜如门前的流水 / 你为徭役的夫君赶制寒衣

那一年,你背起了包袱离开了家 / 野菊花在田野展示最后的留言 / 多少痛苦竟来自对幸福的回忆 / 你踽踽独行,只身向北 / 希望是你生命中不熄的火种 / 终于有人对你说"他在那里"

那一年的春天,你负着夫君的骸骨 / 他生不能还家但要魂归故土 / 蒲公英又开始点亮了阡陌 / 春风梳开的柳条随风东西 / 当你走到这个叫频阳的地方 / 你沉重的脚步永远停在了这里

你的泪,在哭泉中深不可测 / 女回山的林涛松柏为你放歌 / 你

的音容消失在时光的长河里 / 可你的精诚却有如日月星空 / 你让无数的人感念不已：你的爱 / 让历史在叹息中沉重了两千多年

哭泉感怀

王应波

  慕名而至，我来到了哭泉。不同于印台那山黛柏翠的姜女祠，它躲藏在宜君山区一个偏僻幽静的地方。周围是凄迷疯长的蒿草，连一截最瘦的小路也没有。

  刚刚走近它的时候，所见是淤积的一汪水面，落满了枯枝败叶，像是闭上眼睛时长长的睫毛。纵然如此，也掩不住那诉说不尽的幽怨和哀伤。

  当我用手轻轻在水面上撩拨时，看到了姣好的面容和一双泪汪汪的眼睛，这可是那个名叫"孟姜女"，出生在同官的秦朝女子？！

  水波渐渐消失，只有一树桃花映在水中。妩媚，热烈，悠然，深远，忽而，幻化成那个农家女。遥遥地走来，匆匆地远去，于是，她的每一个足迹里　都有一株桃树。

  爱夫心切的纤弱女子啊，连续七个昼夜的恸哭，几乎耗尽你年轻的生命！留在人间的这一眼哭泉，细若游丝，不见一息磅礴气势，甚至连涌动也算不上。两千多年来，就这么如眼泪般往外渗漏，一点一滴汇聚成一汪清泉。

  我知道，那丝丝缕缕，看似薄弱的力量来自岁月的深处，带着秦地人的倔强不屈和坚韧，以积蓄能量的方式表达自己的追寻，千年、万年，流淌不息！

翘盼桃花尽妖娆

张亚兰

一

人间最不能忘记的是传奇 / 历史最不能抹去的是记忆
皓月当空高悬在孟姜故里 / 那人间神奇传说的土壤上
汇成千古血泪浸染的诗章 / 艳阳高照寂静的孟姜女祠
书写满了风云悠悠的无奈 / 群芳群妍痴情的孟姜女啊
寻夫竟然哭倒蜿蜒的长城 / 便有了这绵绵不断的传说
悲歌震寰宇感动了天和地 / 那些洁白光亮的星星河啊
成全了她那份挚爱的诉说 / 一代贞烈女啊千秋共敬仰
众贤引释流芳的孟姜女啊 / 佳话千古留下凄美的传说

二

春风和煦唤醒了沉睡的大地 / 蝴蝶翩翩起劲地跳着优美的舞蹈 / 春光明媚点燃了那久违的激情 / 碧绿的小草也羞怯怯地探出了脑袋 / 艳丽的桃花更是争相开放惹人爱 / 我心似桃花开　心弦被轻轻地拨动 / 桃花啊桃花你丰富着诗人的灵感 / 你竞相怒放吸引着游客们的镜头 / 漫山遍野绽放着芬芳怡人的春心 / 纷繁的桃花密密层

层宛如一片朝霞 / 窃窃私语露出了呢喃醉人的红晕 / 朦胧的醉意堆满了你娇美的眉头 / 粉红的笑靥是那样的娇嫩与温柔 / 你娇艳无比吐出了妩媚的笑容 / 犹如美貌的少女喝了香醇的美酒 / 你锁不住的芳香醉倒多少路人 / 不能忘记你如梦如诗般的风姿 / 又怎能忘记你万枝丹彩灼春融 / 你虽然没有五彩缤纷的颜色 / 一滴胭脂红却染尽人间妖娆

孟姜女祠遐想

刘巧妮

淡去了 / 冲天的怨气 / 宁静的天空下 / 孟姜女 / 一袭素衣 / 含笑而立

长城犹在 / 始皇无迹 / 只有那古老的传说 / 隐匿在历史的长河里 / 随手一翻 / 跃出史册 / 那场凄婉的风雨

一抹嫣红 / 映在泉里 / 幻化成那个远古的美女 / 春风轻柔 / 碧水涟漪 / 是塞上沙海的柳笛

孟原抒怀

薛 源

漆水悠悠日夜流,蜿蜒曲折无尽头。
杜鹃声声秦楼月,鸿雁南飞塞边秋。
盼君归来杳无期,千里迢迢送寒衣。
关山几多星辰落,大漠黄沙路崎岖。
闻听郎君入城土,凄然一声鬼神抖。
怀抱君身返归途,只为来世好相守。
此情绵绵绝无休,裙衩贞贤傲王侯。

孟姜女故里记事

张晓辉

一 观影友《桃花雪》感言

孟姜故里春风暖,蝶蜂飘影入林间。
忽闻桃花顶白雪,惊诧云中半老仙。

二　游姜女故里

花鲜蝶舞春风醉，山色飘盈入宅香。
桃园梦幻似仙境，妾倚窗前更思郎。

三　孟家原景苑

桃杏花开东风暖，山红叶绿似瑶园。
诗画同源本一体，梦里牵手绽笑颜。

桃夭灼灼宜君梁

赵建铜

小憩凝香哭泉旁，满眼灼灼桃花亮。
自古丽人比桃花，哪个容颜能久长？
风和也得春阳有，惬意还需一壶酒。
独斟自饮古同官，枕石蒙眬似半宿。
松荫行旅崎岖路，姜女风尘无所顾。
偏安一隅悲云生，号泣撼地清泉出。
从此路人水作鉴，凛冽寒泉映红颜。
桃李春风花开时，恍然梦醒度华年。
再看农舍树林里，层层田亩待细雨。
生命之花犹热烈，路上桃花美如许。

姜女赋（外一首）

马红侠

姜女寻夫至长城，哭断魂魄泪三千。
只为君还倾城爱，谁知人去悲欢颜。

桃 花

粉衣红蕊含情脉，俏春迎暖立枝头。
妖娆展枝芬芳吐，嫣然一笑居深幽。

归 心 似 箭

王双云

一闪念/朦胧印台山/静悄然/往返流连/决堤姜女泪眼/转瞬间/思雨潺潺/不由漆水波澜/澎湃翻卷/心似箭/只待弩张月满
鹊桥畔/依旧鸣秋蝉/静悄然/倚窗凭栏/咫尺天涯嗟叹/稍离散/恍若隔年/不由霓裳凄婉/滂沱峰峦/心似箭/只待弩张复圆

孟姜女魂留千古

张晓玲

葫芦开，神女降，俊俏贤淑性儿强。
芳龄招婿范喜良，惜叹三日作离别。
新郎抓去筑城墙，肠儿断，心儿慌，
日日倚门泪汪汪，夜夜不寐望星窗。
北风嗖嗖狂风起，飞雪片片满天地，
望穿山梁不见郎。忧郎身上着单装，
心急手快织布忙，香茶热饭放一旁，
手捧棉衣暖心房，连夜起身奔边防。
夜深深，路遥遥，寒气侵骨手欲僵。
不叫苦，不喊累，跋山涉水只为郎。
遥见高墙长又长，满心欢喜欲见郎。
山上山下一片忙，壮年男儿千万行。
破衣裹体面色黄，时有病者卧路旁。
慌疑蹙眉忙惊问，可曾见我范喜郎。
声声无回音，步步无踪迹。
老者悲怜又敬仰，手指山隘一堵墙。
知心人儿墙内躺，噩耗一声崩五脏。
痛恨老天拆鸳鸯，千里寻夫噩梦扬。

四面八方悲声响，男儿听了泪直淌，
女人听了命欲丧。惊动雷公怒火旺，
轰隆一声倒了墙，惨露白骨无处认，
咬破食指滴骨上，终于寻见我范郎。
浩气惊动秦始皇，何人大胆毁我墙！
泪儿满面容悲伤，旧衫凸显俏模样，
霎时乐坏秦始皇。
随朕入宫进秀帐，珍奇宝物任你享。
若想君如愿，先埋我范郎。
龙颜愉悦一声令，宫外厚葬范喜良。
姜女暗笑一朝王。
穷家女子不贪贵，贫寒之中傲骨藏。
銮驾乐队迎亲忙，姜女殉情夫墓旁，
坟前花儿齐绽放，青山脚下立祠堂。
中外游客齐赞赏，世间奇女孟塬上，
为爱不把福贵享，古今天堂好鸳鸯，
姜女贞烈名飞扬。

四 桃园情话

三月我初来,
二月君先在。
唯怨君心正盛时,
我自潸然败。

花落水长流,
恨也情难待。
但等明春早恋君,
笑拾人间爱。

——调寄卜算子／董西学

春来桃花满天涯

李月芳

宛如仙乐 / 伴仙风徐徐而来 / 悠长又轻盈地布满了天涯 / 宛如仙娥 / 随着司春的号令 / 舞动着霓裳而出 / 展示她芳春绚丽夺目的披挂 / 宛如牧歌 / 把春的消息送往万户千家

漫步徜徉在温和的风中 / 暗思那当初的孟姜女 / 千缕万丝的牵挂 / 是孤旅者的莹莹泪花 / ——无限的乡愁和爱情的激发 / 用坚毅脚步来诠释 / 诠释—— / 诠释了一个千古的佳话

朝霞映衬着她的脸颊 / 桃花人面的红霞 / 随着万里的东风 / 开满了山崖 / 千年以来的情人们 / 无不凭吊那荒芜的墟里 / 和野草湮没的篱笆 / 无不爱抚着今日灼灼的桃花

走过羊肠小道 / 走过野村山洼 / 走过小溪田埂 / 走过河渡汀洲 / 走过了几多的夕月落霞 / 一个用生命书写的"爱"字 / 年年它都早发

牵动心弦的色彩 / 是血色闪亮在春阳下 / 撩动心海的古乐 / 是人间最美诗话 / 人面不知何处去 / 桃花依旧笑春风 / 一字一句的浪潮澎湃着人间烟火 / 谁能将"情愫"二字 / 轻易地放下

蜿蜒的漆水河 / 逶迤的渭北山 / 古老的传说流传着 / 就像生生不息的山桃 / 年年重复着这一曲桑麻情话 / 一个村姑的故事 / 一曲荡漾在黄土高原的唢呐 / 热烈 奔放 凄楚 铿锵 / 谁个能放得下

黄土一样的质朴 / 荷花一般的无邪 / 古陶器一般的优雅 / 蕴含

着人世间无数的故事/蕴含着人类艰难步履的延伸/蕴含着亘古不变真善美和纯真的祈求/蕴含着天下苍生你、我、他/谁都无法摆脱的网/一个神力在不停地/拉，拉，拉

斗转星移/又是满山的桃花/斗转星移/山野弥漫着依旧古朴的情话/氤氲着，氤氲着/年年的春来/桃花满天涯

断曲（外二首）

郑晓蒙

一

三月的桃花/是破蛹而出的蝴蝶/有着女性顽皮的柔美/如若飘落/飘落，冰凉又清清的长水/我仅在姜女祠受损的石像前祈求/天空没有泪水

剖一个葫芦做瓢吧/如果春天早已轮回/雍容华贵开遍大地/召起那君生我未生的思绪/美丽与哀愁的相遇/是石像眼中桃花的命运

这些我们都熟悉的往事/在春天的黎明到/独自一抹黄昏/那年的三月开出的桃花/是远离江南的关中　是还未陨落的双翼

二

村子里只有会流泪的女人/和残疾了的男人/院子里是再也没结出过葫芦的藤/屋子里是独守空房的女子/还穿着未脱下的嫁衣

石头没有用来铺脚下的路 / 砍倒的木头没有用来建造房屋 / 夜里的长城呜咽着 / 凉意透骨,月色清冷

由轻浅变得沉重的脚步声 / 从看不到的远方传来 / 断断续续的 / 一个女人正在历史中跋涉千里 / 从黑夜到铅字上的黎明

三

泪水一滴,一滴 / 滴出了门前那条相遇的河 / 河水里是那对蝴蝶飞舞的身影

河水混着皇帝的暴怒 / 还有死了丈夫的妻子最后的怒吼 / 没有严酷的刑罚 / 使者捧来的红嫁衣 / 刺得太阳也流出了血水

风肆意拍打着海水 / 载着逝者的身体 / 和生者的质问

听不到的声音控诉着 / 海面最后的一跃 / 像是三月里被血染红的桃花 / 三月的蝴蝶不会飞

期　语

我不想要同样的 / 一场婚礼 / 不想披着白纱 / 和王子 / 做舞台的道具

我只想 / 穿着你选的嫁衣 / 或许还有淡淡的烟草味 / 和浅浅的酒气

我的手腕上 / 是一串粉水晶手链 / 我戴上的那天起 / 桃花在枯树枝上 / 捧起孟姜女的眼泪

太阳看起来很暖 / 风带着森林的气息 / 天空蓝得像海水 / 祝福的酒酿成的海水

我们一起 / 在秋日的黄昏里 / 留下一串串 / 步履蹒跚的脚印

有云的日子

风挟着阳光 / 从南向北闯 / 我们相拥着向前 / 一路的莽撞

有云的日子 / 我们不吵架 / 我们在云层里 / 撒下许许多多的种子 / 那是晴朗日子里 / 太阳结的种子

下雨了,我们不撑伞 / 我们身上落满了 / 云朵里 / 开出的小花 / 白色的小花眨着眼 / 静静地趴在窗台上 / 看我们说悄悄话

桃 林 情 思

王双云

听春的风信子 / 已脉脉径自 / 把雪花的心事 / 交付成词 / 飞舞飘扬的风筝 / 可有谁会知 / 三月桃林 / 那千树万枝 / 粉嘟嘟的故事 / 是梦的振翅 / 还是憧憬的盛炽

春晓燕子 / 婉转的歌喉 / 早已灵动 / 黎明的翼翅 / 但有谁会知 / 那等不及叶子 / 携手相执 / 就前呼后拥 / 热闹了田园桑梓 / 如霞的桃红 / 厝厝相识 / 是殷殷的心赤 / 还是灼灼的飞思

春风的剪子 / 构筑编织 / 多少杨柳若斯 / 依依婀娜的妙诗 / 却终裁不出 / 那烟花桃林里 / 葬花词 / 玉消香失 / 便成根的从侍 / 化作春泥 / 更护花的恬适

春雨如丝 / 诉不尽瓣瓣落红 / 对枝头叶子 / 缠绵悱恻的癫痴 / 繁华落尽 / 谁人的心室 / 还会沥沥潮湿 / 人面桃花 / 笑春风的情致

春光易逝／又堪记何时／南往北来的雁字／悄然渐次／霜染了青丝／只有桃花的婼姿／依旧守候初始／生生世世／钟情做春的信使

桃 花 结

高转屏

你是四月最钟情的新娘／系着亲手绣制的粉色罗裙／带着蜂蝶庞大而热闹的仪仗／半遮半掩在粉色的花轿中／粉色的笑靥在粉色的窗口一路摇曳／调皮的春风在玫瑰色的黄昏掀起你的华盖／你嫣然一笑飞进新郎温暖的怀抱／于是／一个粉色的梦想落满大地

你是南庄柴门中那羞报的红颜／一颦一笑洞彻那个邂逅的诗人／三百六十五个漫长的辗转／定格在那个粉色烂漫的午后／将一个娇润的面颊相思为奄奄的泪珠／仅仅四行缱绻的文字／便将一段粉色的心思激活／于是／一个粉色的爱情成为千古佳话

你是陶翁无意中闯入的仙境／簇拥着那叶淡定的小舟／驶进一个屋舍俨然阡陌交织的乡间／在淳朴而盛情的笑声中徜徉／故事被迅速传播并无限扩大／追逐的脚步纷沓而至／你却绽开粉色的衣袖悄然飘逝／于是／一个大同的蓝本成为人们亘古不变的向往

你是孟姜家园最动人的风景／伴着那个幽怨的女子站成一朵粉色的云霞／在塞北的凄然呼唤中不幸失散／久别重逢的日子／你尽情地绽放心中的喜悦／用粉色的轻纱装扮故园的村前山后／于是／孟家的山水成为王母的蟠桃盛会

113

妻　颂

邹亚中

　　四十载风雨洗不尽风华如月 / 十万里路程追不回微风扶柳的羞涩 / 幸福如期而至不认为是前世修来 / 灾难降临　庆幸不是灭顶之灾 / 遇是非不争不辩　坚信时间是最好的裁判 / 逢馅饼福临如天　确信无人能夺无人能占 / 为人母　细针密缝　唯恐迟归 / 做人妻　五更起　子夜休　无怨无悔 / 髌骨碎裂　换来数月闲歇 / 感冒一场　赢得一夜酣眠 / 积德如山　忧郁偶现眉宇　烟云过眼 / 大爱无言　幸福挂在脸上　如日月在天

　　爱你素淡的衣服　合体干净 / 爱你浅浅的笑容　如水中羞月 / 爱你至美至善　乡里传遍 / 爱你清贫度日　积极应变 / 爱你财如春雪扶弱救难 / 爱你为了儿女日夜忙碌　无悔无怨 / 爱你心受委屈　默默无言 / 爱你永久沉稳　文静如山 / 爱你偶尔暴怒　霹雳晴天 / 爱你睡眠时　鼾声微微 / 爱你沐浴后　清香淡淡 / 爱你今生来世　直到永远

　　愿来世　你为车来我为船 / 江河湖海　大路朝天笑容灿烂 / 除非春夏错位　四季紊乱 / 愿来世　你为北来我为南 / 八荒交会　海角天涯爱心不变 / 除非东为西来北为南 / 愿来世　我为地来你为天 / 沧海桑田　风雨雷电心心相连 / 除非太阳变绿　月亮变蓝 / 愿来世　我为女来你为男 / 地老天荒　海枯石烂爱到永远 / 除非天为地来地为天

第 N 次说到桃（外三首）

刘爱玲

第 N 次说到桃 / 说到桃花 / 说到春风十万亩的传说 / 最是孟原的这一朵嫣红

第 N 次说到孟姜 / 说到她的家 / 说到一位来自秦地的女子 / 漆水边浣纱　孟原上种下深情

一寸寸的相思　滴血认骨 / 长城脚下惊天的一哭啊 / 疼，穿越了时空 / 那就让这一树一树的灯 / 引喜良回家

那就让这千百万的红唇轻吻他 / 说出那句甜蜜的话 / 日月作证山水情浓 / 就是这一颗心　掰开了也要给你 / 这柔情似蜜的　孟姜红

相 约 桃 花

相约的桃花在梦里 / 嫣红的笑靥 / 还是一个传说 / 还在路上

而你在我的手掌上 / 在我血脉的每一条纹路里 / 被我思念 / 被我抚摸

春天来了吗 / 桃花开了吗 / 当我聆听　遥远的他乡 / 你已热烈成海

爱你的几种姿势 —— 致桃花

第一次爱上你 / 是你的小喇叭裙 / 裙裾上粉红色的风 / 穿过田野　草就绿了 / 掠过流水　水举一河晶亮的小星星

第二次爱你 / 是你袖口上的蜜 / 蝴蝶来了　蜜蜂来了 / 它们的小嘴巴全都对着你 / 你是被冒犯的小女生 / 最动人的那一朵腮红

在白天爱你 / 你是我永远追不上的狐仙 / 从聊斋里出逃 / 偶尔一回头 / 迷离的眼神击中了多少书生

在夜晚爱你 / 你是浪花翻卷的梦境 / 是书生涂抹整夜的山水画中 / 那一朵嫣然的桃红 / 醒来后依然有指间绽放的疼痛

在古代爱你 / 是孟姜女的小碎步 / 牵牵念念的呼唤翻越山岭 / 倒地后萦绕的香魂 / 娇嫩的粉热烈的红

如今爱你 / 你是我胸前离心脏最近的 / 一朵乡韵 / 迎着浩荡的春风　我们一起 / 被插进了大地的花瓶

桃　花　梦

绯红的笑靥缀上唇边 / 我看到绯红的仙子 / 在四月的花蕊中走过 / 心就颤了　梦就甜了 / 我不知道　她的名字可是孟姜 / 可找到了她的喜郎

桃花啊 / 这注定多劫的女子 / 自长城脚下寻寻觅觅着一路奔向 / 唐宋的枝头　明清的扇面 / 山河额头的一滴血 / 就殷红了几千年

到如今 / 也该被一粒春风暖热了　于是 / 我看到了万千树鸟儿向天空张开嘴巴 / 我听到了春天童子般的齐声歌唱 / 我梦到了　那孕育了千年的甜蜜的 / 孟姜果红

生命之花

郭建民

今天，是我的生日 / 孩子们为我献上一枚长寿之果 / ——寿桃 / 于是我怀想一个季节 / 桃花　三月

我怀想 / 在那桃花盛开的地方 / 这大地上最健康的肤色 / 青春　美艳　动人

花开时节 / 我看到 / 缀满枝头的花瓣 / 竟然给了我一副 / 鹤发仙翁的姿容

在这寄希望的地方 / 我的诗情 / 从一枚桃核内涌出 / 那枚寿桃 / 已落入我的胃中

请给我多一点怀想的年轮 / 这大地上最健康的肤色 / 阳光里 / 一种燃烧的生命 / 和一颗 / 长生不老的心

桃花媚（外二首）

程亚平

恬坐的悠然不在　心总想往外 / 原来　东风一到　桃花已开
东风掠过　粉嫩的窃笑谱成天籁 / 穹宇开阔了胸怀 / 湛蓝与桃

红在画卷中相爱

  抛开沉默　笑语在桃红中婉转 / 春天来了　桃花媚了　华年现了 / 风雨隔在九天外了

  是桃花赶走了冰寒　唤醒了温馨 / 是桃花驱散了阴霾　孕育着甜美 / 春天来了　桃花妩媚

  尘封的往事　在桃林中汹涌着爱 / 春天来了　漫山遍野的桃花 / 让心田　绽放花蕾

爱在长城脚下

  你是黄土高原上的一朵桃花 / 年年春归　年年的你　在桃园里翩飞　痴情的女子　千年的牵挂 / 朵朵桃花絮说你醉人的情话

  你寻夫的脚步　从孟家原出发 / 穿越风霜　却不见梦里的他 / 谁说　城墙坚如磐石 / 你一声爱的哭唤　长城在剧痛中轰然倒下

  你如雨的泪水流了千年　千年的桃花粉嫩妩媚 / 你如火的情爱灼了千年　千年的仙桃如蜜甘甜 / 你的百般情爱千般柔肠 / 点染出漫山遍野的光华 / 迷醉了山神　迷醉了　从秦朝跋涉至今的乡邻故人

  千年的长城　肃穆地屹立 / 千年的爱恋　深深砌进长城的风骨里

  孟家原上的桃花　在春风里荡漾 / 你那一朵　更是别样的鲜亮 / 抬头看你　却看到了长城脚下 / 一朵绽放了千年的　桃花 / 回眸寻你　却听到了千年铿锵的古语 / 桃花盛开的地方　芬芳遍天涯

一生的呓语

  无数次在冬雪秋寒中飞奔 / 我已坚硬如岩 / 在熟悉又陌生的人流里穿梭 / 青春的火焰渐渐走低 / 柳树摇曳　东风私语　春雨斜枝 / 我

知道　我们相约的日子已到

　　来看你　你依然在秋千上优哉荡漾 / 如约而来的我却已变了模样 / 来看你　你依然在春风中绽放清香 / 如约而来的我却沾染了岁月的烟尘

　　见你　不语 / 如岩的心房哗然解冻 / 见你　不舞 / 我已健步如飞 / 你岁岁的守候与清纯的坚守 / 使华年在长河里永恒 / 只要你在春天就会常驻我的心里 / 只要春天在 / 流年将不会带走飞扬的青春

　　一生的呓语 / 就是期盼春天里和你的约会

春　愁

姬铮铮

　　柳笛呜呜哇哇，/ 游走在河边、山沟；/ 浣衣的村姑，/ 在欢腾的小河边，/ 对着流水凝眸。

　　春光灿烂，/ 一树桃花初绽；/ 映衬着村姑脸颊，/ 蝴蝶振翼在她的头。

　　流泻的晴丝，/ 纤纤飘逸在情侣的路途上；/ 笑靥伴着一声两声 / 的啁啾。越过小河，/ 涉过激流，/ 亮丽的山桃花向我们招手。

　　轻盈的韵律，/ 甜润的歌喉。/ 纤丝一般的幽灵，/ 贯穿于山野、崖壁，直至 / 我们的肺腑、心头！

　　曼舞、轻歌，/ 不是早晨的阳光，/ 不是黄昏的白首，/ 更不是虚无缥缈的虚构。/ 是 / 三春时节的和煦东风，/ 徐徐地在大地上游走。

柳笛呜呜，/ 柳丝摆动，/ 相随的是桃花绽放，/ 不在风雨黄昏后。/ 那个城南庄的崔护，/ 那个"桃花依旧笑春风"的嗟叹 / ——千古悠悠！

骚动的春水，/ 骚动的黄鹂，/ 阵风把春池吹皱。/ 春姑眸子里晃动着的新绿，/ 一定是强劲有力的肌肉。/ 她晾晒着红红的肚兜，/ 红得跟她一样害羞……

春雨如丝，/ 春芽初露，/ 春夜难眠，/ 春月幽幽。

她明日去孟家原郊游，/ 她要到姜女祠走走；/ 她刚从哭泉梁上回来；/ 她折了一枝桃树枝 / 要插到盛满清水的瓶子里头。

淡淡的清梦，/ 绿色的窗纱，/ 横斜着一枝亮亮的桃花。/ 走出去看看，/ 看看桃花时节的音符，/ 抒情一篇春愁。

孟家原桃花

秦凤岗

这里遍地有孟姜女的足迹，足迹开遍了馥郁芬芳的桃花。一丛丛桃花呀，灼灼艳艳，在春风中，起舞翩翩。就像奇女子孟姜女，姗姗来到你跟前。花儿朵朵含笑欲语，她们在讲孟姜女的故事。

讲她如何哭倒了逶迤的长城，背起丈夫的遗骸，千里迢迢，回归故里。讲她如何在干渴难忍之际，放声痛哭，哭得干旱的峻岭低下头，涌出甘泉，助她恢复体力。讲她如何在危急之际，双手搬转巍峨大山的方向，挡住秦始皇的追兵，化险为夷。讲她如何力竭死去，眼泪从地下潺潺渗出，两千年悠久的岁月里，长流不息。

赪如丹砂的桃花呀，你是孟姜女的化身，你是真情的结晶。忠贞刚烈的孟姜女呀，你是圣洁的花神，你是不朽的诗魂。娇妍动人的桃花呀，多像孟姜女的脸颊，她含笑伫立在故乡，要你把对孟家原的祝福留下。

火一般鲜艳的桃花呀，雪一样纯洁的孟姜女呀，你们的生命虽然短暂，但从坚贞中获得了永恒，永生在故乡，永生在乡亲们的心间。孟姜女的芳魂呀，化为凄楚哀怨的传说，走出故乡的桃花园，在辽阔的华夏大地上，流传了一千年，又一千年，永远流传。

诗 三 首

冯 华

一 永恒

星星是一种愿景／永恒的不是星辰／是流星划过／绚烂心间的一片闪烁

距离是一种期待／永恒的不是距离／是咫尺天涯／祈求缩短距离的迷离

生命是一种偶然／永恒的不是生命／是灯火摇曳／飞蛾扑火般的从容

爱情是一种遇见／永恒的不是爱情／是藏在心尖／浓浓归于平淡的绵延

二　偶然

你是我冥冥中的一个偶然 / 犹如未品的茶 / 待翻的书

我是你匆匆中的一个遗忘 / 犹如陈酿的酒 / 无韵的诗

风是你无骨的温柔 / 雪是我曼妙的舞姿 / 霜是你绝世的晶莹 / 雨是我润泽的缠绵

花开花落 / 是美丽之后的遗憾 / 落雪纷纷 / 是沉重之后的叹息

我爱想起你 / 就想起你 / 像想起夏夜的一颗星 / 你爱忘了我 / 就忘了我 / 像忘记一个春天的梦

三　感遇

孤寂旅途的过客 / 不期而遇 / 忧伤的花朵 / 悄悄绽放

就当你是一朵白云 / 总会飘然而去 / 为什么却在风中化成雨 / 打湿了我的秀发

就当你是一滴小雨 / 总会倏然蒸发 / 为什么却在眼中化成泪 / 滴落在我的心扉

闭上望穿的双眼 / 雨后的彩虹 / 能否绚烂 / 暗淡的心

雨中桃花（外一首）

闫 芳

梨花带雨的妩媚 / 爱怜之心 / 凄楚欲坠 / 谁晓风雨无奈的伊人 / 秦时山月的眼泪 / 人面桃花似的姜女 / 风雨中，半步不退 / 无意计算目的 / 高岭深壑 / 犹如内心的杂陈五味

妍丽的脸颊 / 凄凉的风雨 / 苍山迷蒙的隐晦 / 伊的惆怅连带着 / 倔强和一腔苦水 / 任漫无尽头的荆棘 / 把她的衣襟撕碎

孤零的山桃树 / 雪雨中摇曳 / 背负骨殖的痴女 / 风一般地躲避着金戈穷追 / 回望搬转的大山 / 金山山麓的哭泣 / 山岩涌出千秋碧水

从此以后 / 年年清明 / 汩汩寒泉 / 映照鲜亮的桃花 / 却赢得骚客文人如痴如醉 / 千年的风霜 / 似朦胧的薄纱 / 一层层地包裹着 / 风化不了的沉醉

如诗的语言 / 难把忠贞不渝的香魂描绘 / 任由松高柏翠 / 雨中的碧桃 / 风中的黛眉 / 将一缕幽香凝聚 / 抑或凋零，抑或绽放 / 不屈不挠的蓓蕾 / 用春的胭脂 / 演示着美丽的深邃

无声的热烈

走出城市的喧嚣，迎来满山的喧闹。只是感官的错觉，桃花展示的妖娆。春日耀眼的色彩，不是丽人的招摇；宛如人面的碧桃，

亭亭玉立在山腰。农家自制的村酒，拌和绿莹莹荠菜，盘子里一片花萼，来自篱落外桃夭。喜鹊蓝绿色羽翼，在椿树枝头闪耀。田野中间的小路，伸向远处的缥缈。是汽车在奔驰，还是田间的桃树在奔跑？是春风的流动，还是时光的争吵？如此热烈，说的什么？我——不知道。无声的热烈，无声的吵闹，赏心悦目的——春天来到。你眼睛里有什么？敢说不知道。我——听到了你的心跳。红了脸颊，红了春桃，你——是否在发烧？！

情 为 何 物

赵 勃

问世间情为何物？／直教她只身山野；／问世间情为何物？／直教她不避虎豹；／问世间情为何物？／……／古同官孟家原的一个弱女子，／跋山涉水的一个弱女子，／历经世上所有艰辛的弱女子，／背负夫君的骨殖回家。／是什么力量驱使？／是爱，／是情。／问世间情为何物？／直教人生死相许。／情是泪雨汇聚的江河，／情是血流激起的惊涛。／是真美，／是大爱！／是生发力量的源泉，／是分子分裂的表现。／她的灵魂化作故乡桃花，／她的泪水浇灌姜女红！／站在孟家原看桃花，／那个"情为何物"的问话／还有意义吗？

花开成海等你来（外一首）

刘剑秋

春风轻轻越过层层山峦 / 把一朵朵桃花次第吹开 / 孟姜传说栖息在那片花海 / 化成朵朵文字盛开等你来

哭泉水如镜孟家天湛蓝 / 彩霞吻山峦桃花掩村寨 / 芬芳桃乡遥寄浪漫的情怀 / 繁华之外阡陌花开等你来

三月桃花雨绵长如酒浓 / 醉了山醉了柳醉了心海 / 思念在千树万树枝头缠绕 / 如梦桃园花开成海等你来

婉约故事染上花的色彩 / 携着一记微笑轻揽入怀 / 只为一世的相约初心不改 / 静默成一树桃花等待你来

我在孟原等你

孟原风生水起 / 勾起绵绵思绪 / 莺啭桃林含烟翠 / 秀景迷人入画里 / 碧水浸润的桃乡 / 又下起了剪不断的桃花雨 / 在这草青水碧繁花吐艳的地方 / 有着难以言传的美丽 / 你再也不用去天涯寻觅 / 孟原望你孟原想你 / 我在孟原等你等你

凝望斜阳古道 / 梦回千古传奇 / 孟姜痴情感天地 / 哭倒长城八百里 / 姜女庙记载了哀婉的故事 / 哭泉凄诉着生死的相依 / 圣女如此多情 / 感动我怎能不感动你 / 在这千古传奇的地方 / 来了再也不想离去 / 你何时来此与我相聚 / 梦中盼你心中想你 / 我在孟原等你等你

水点桃花传情意

高建龙

轻轻抚过 / 村庄田野山梁 / 三月的风 / 一双魔法的手 / 几番拨弄 / 溪边的草儿绿了 / 门前的桃花开了 / 春寒料峭里 / 丝丝暖暖的气息近了 / 迎风绽放的桃花 / 粉白粉红 / 如少女般香艳 / 繁花飘零美景短暂 / 转眼间 / 又是春伤一片

郁郁寡欢 / 钟爱的姑娘葬残花 / 制瓷的小伙 / 痴痴的意 / 精描细绘朵朵花 / 色彩纷纷呈 / 移花绘树泥坯上 / 祈愿春景春情长存留 / 只为传情意 / 纳诸窑 / 灼以火 / 烈焰中发 / 青烟天外飞 / 锻炼累日 / 赫然器乃成 / 视其色 / 水点桃花鲜欲滴 / 击其声 / 锵锵如也铛铛响 / 俗泥凡胎 / 浴火重又生 / 多了灵气与神韵 / 博得姑娘意

我和桃花有个约定（外一首）

王宏利

我和桃花有个约定 / 相逢在三月的孟家原顶 / 和煦的春风 / 吹醒了大地的萌动 / 脚下是正在嫩绿嫩绿的发生

怀着少女情思的花蕾 / 集结在孟姜女的故乡 / 在这片写着忠贞

的土地上绽放 / 我和桃花有个约定 / 相逢在三月的孟家原顶

如果盛开是一种表白 / 何不徜徉去追逐那芬芳迷人的爱 / 每朵花都是独一无二的生命 / 嗡嗡嘤嘤的蜜蜂 / 倾诉着对她的情有独钟

我和桃花有个约定 / 相逢在三月的桃花原顶 / 盛开在黄土地 / 也一样妩媚光彩 / 陶醉在花之海 / 却不迷失心灵的爱 / 因为曾经在两千年前 / 我和桃花有个约定 / 相逢在三月的孟家原顶

我徜徉在美丽的花丛

我漫步在怒放的花丛 / 花枝在春风中招展着 / 洋溢着鲜活欢快的激动 / 绽放出耳目一新的笑容

我穿梭在醉人的花丛 / 感受着这瀑布般色香的涌动 / 轻盈的蜜蜂总是那么笨拙地抒情 / 动漫般的蝴蝶闪现着一种精致的灵动

我流浪在春天的花丛 / 不要问花儿为什么这样红 / 那是妩媚的色彩 / 那是生命的萌动

我徜徉在美丽的花丛 / 胸怀着对大地的虔诚 / 用芬芳缔造出迷人的倾国倾城 / 滋润了诗人的眼睛

我越过了似锦的花丛 / 携着牡丹的梦 / 乘上庄周放飞的鲲鹏 / 翱翔在春天的天空

春 的 使 者

左 右

一 桃花劫

你的手掌爬满栅栏。日子就这样搁浅 / 春风带来各种坚硬的颜色 / 也带走一些情窦初开的花瓣

你在缝补往昔的补丁。灰尘被缝补成石头 / 泪水被缝补成海。提心吊胆的日子 / 也被缝补得越来越舒坦

桃花是蝴蝶前世的情人。花蕊丛中 / 蝴蝶在打捞她粉色的书信

如果你不愿从梦中醒来,那你肯定也会在梦中 / 将一些荒芜的誓言迷失

二 孟姜女的哭

关于哭泣 / 要么感动得无以言表 / 要么激动得无比幸福 / 要么难过得悲伤 / 要么意外,比如风沙或虫子刺进眼睛 / 要么疾病,比如感冒一把鼻涕一把泪

而你 / 所知道的哭泣 / 还有一种 / 每当夜里 / 我睡着了的时候 / 眼泪总会默默流出来 / 你经常像孟姜女一样 / 在白天 / 竟猜我哭泣的原因

三　在桃花谷

花儿黄了，在春天，一黄千里 / 草儿绿了，在田野，一绿无际
在赵氏沟，光天化日之下 / 春天暴露了桃花深处的私密

我用长长的镜头，拍着这人间，最美的花丛 / 四周静悄悄的，野蜂和蝴蝶，做了站岗放哨的兵

午时开始，北村的风像一个害羞的学生 / 她牵起路人轻微微的棕裙

在小虎峪村口，走在阡陌树林里，我开始练习迷路 / 在而立之年，学着迷失一个青黄不接的自己

此时风起，花海翻滚。蚂蚁背着它鲜活的掌纹 / 和波浪的起伏，重新上路

我伸出手掌，收集三月蓬勃多情的花蕊。一朵两朵 / 凑到鼻子下，反复细闻

四　桃花年代

我是一个很容易忘记颜色的人。在此刻 / 和风走在雪海一样的桃花下 / 牵着春天的小手。我像野鸟那样 / 饮一些露水，食一些粉苞 / 采一裙泥土，招引一些蜂蝶 / 种一树阳光，挖一些树洞 / 我曾忘记，自己是一个活着的人

在此刻，我是一个失忆的人。我只记得 / 花树下，梦是白色的 / 鸟飞着，风吹着，阳光奔跑着 / 柔软的土地飘悠悠的——我穿桃花鞋踩着

我把花冠戴在头上 / 你一个人躲在树下，偷偷哭

桃花诗四首

刘巧妮

一 叹桃花

着一身粉色霞衣 / 灿若烟花的绽放中 / 花下的你 / 可曾读到 / 我眼里深藏的寂寞

瞧，三月的风 / 吹皱了一池春水 / 塘中的残荷 / 摇曳中 / 温暖我寂寞的歌声

二 桃花吟

逃离虚无的赞美 / 静若幽兰的绽放中 / 你可知道 / 羽化的思念 / 已随梦想飞翔

穿越季节的河流 / 牵手蜡梅 / 一个温暖寒冬 / 一个舞动春天

三 桃花梦

灿如幽兰的绽放中 / 花下的你 / 请保持安静 / 莫要惊扰我的清梦 / 梦中的我 / 正徜徉在时空的隧道 / 赶赴一场花事的邀约 / 与蜡梅共舞

四 桃花辞

有人问 / 滚滚红尘里你为什么那么纠结 / 流淌的时光里生命粉

红抑或雪白的反光／你说你只能不停地奔跑，奋力地迈动脚／在沿途洒下的汗水里，生长出桃花

你知道／春风浩荡里你的神情不再忧郁／你已经不愿回顾，桃花正次第盛开／微微地合上眼帘，让沉闷随春风走远／幸福在幻境里山桃花般汹涌，流过你战栗的眼睛

苍凉的伤口，向低处蔓延／踏青的人群里你守护好自己鲜艳的灯盏／轻含絮语的花蕾，倾诉乍暖还寒的滋味／桃花雪白的芳香，正在你的身体里游弋／花香四溢里那个寻觅爱情的人，伫立得太久

扶疏的枝干，丰腴的花瓣／阳春三月里，谁蓬蓬勃勃的心事，粉粉地红，静静地香／漫山遍野，一朵于我已经是天堂，桃花飘香，互诉衷肠／小小的桃花就是我小小的幸福，你说这样的颜色谁都会憧憬

蕊的心事——桃花

心 雪

春乍暖还寒／沉睡了一个冬的梦／惊醒／游园里桃色满目／静立中找不到你的身影／芬芳不在／欲说还休的时光里／踩一路的泥泞／等含苞待放／枝丫细语间／自由自在地做她自己／颓废满目疮痍／遥想蕊的心事／风过不留一丝痕／听说爱情曾经来过

爱情（外一首）

朱满长

哈哈——爱情 / 你们知道吗 / 你们了解吗 / 爱情是什么 / 她也笑了 / 但是，她笑得很不自然 / 这说明她的爱情很悲伤 / 也很没有自信

我却不然 / 我满怀着十二分的信心 / 大声地 / 趾高气扬地告诉她 / 爱情是相互信任 / 是相互仰慕 / 是相互给力 / 是相互牵手

她又摇了摇头 / 说道，爱情不是这样的 / 如果爱松开了手 / 那么情就会丢 / 如果爱没了依靠 / 就会失去许多温柔

我也笑了 / 说道，爱是不会放手的 / 因为情不会低头 / 他会情窦初开 / 她会含情脉脉 / 牵着爱的手

所以爱情 / 一定会永远相牵 / 千年万年不回头 / 她已恍然大悟 / 原来爱情 / 就是一对分不开的伴侣 / 走到哪里都意气相投

因此 / 爱情就是一首赞美诗 / 爱情就是一幅美画图 / 爱情就是一曲美妙的歌 / 幸福，甜蜜，快乐 / 唱到天涯海角 / 唱到海枯石烂 / 携手并肩到永久

再唱桃花香

这里是 / 孟姜女的故乡 / 桃花朵朵 / 不停地开放 / 春天早已逝去 / 还依然留有余香

夏日已悄然来临 / 所有爱她的伴侣 / 早已凋谢死亡 / 没有一朵鲜花 / 厮守在她的身旁 / 映着她芬芳的脸庞 / 同她一起哀叹悲伤

桃花的 / 季节早已经过去 / 不愿看见你那 / 痛苦的模样 / 孤独地残留在枝头上 / 但愿你重回故乡 / 再次快乐成长 / 让你芳香的 / 花瓣 / 飘洒 / 在孟家原这片 / 肥沃的土地上

夏天的风 / 吹来了麦花香 / 布谷鸟 / 唱起了 / 丰收的希望 / 瓜果和梨桃 / 早已登上了卖场 / 喊声叫声随风荡漾 / 晨光晚霞再放光芒 / 贞洁烈女 / 佳话传唱 / 美丽的桃花 / 定会依然 / 芳芬飘香

桃和孟姜都是女子

韩文惠

桃 / 古老的女子 / 夭夭而灼灼 / 在三月的春天 / 握着你的爱情

她丰乳肥臀 / 在祭拜的人群中

繁盛如始母 / 在每一次的寿宴上 / 她仙仙地飘过 / 你欲拉她的衣裙 / 伸出手 / 却见 / 白云已穿过指尖 / 风已走远

她径直走到了现在 / 与孟姜相遇 / 桃与孟姜都是女子

桃走过的地方 / 就燃起春天 / 春天到来的地方 / 女子纷纷开颜欢笑

孟姜笑了 / 她离开坍塌的城墙 / 去游历世界

我有一个小小的心愿（外一首）

朱元奇

自从见到你的那一秒钟／我突然产生一个小小的心愿／在你家门前种棵桃树／我会偷偷给它浇水，给它施肥／期待着春天到来，花满芳庭

我有一个小小的心愿／在桃花盛开的季节里与你邂逅／我会把自己收拾得干干净净，爽爽朗朗／然后像只兔子般，躲藏在那棵树的后面

在你出现的那一刻／所有的树枝和树干都会随风轻摆／花瓣跟蝴蝶一起翩翩起舞，树叶和草丛也沙沙地唱歌／因为你那轻浅醉人的笑容，阳光的色彩一下变得粉红通透

看着你在花丛间徘徊的背影，叫人如痴如醉／我的心脏像超大功率的马达，怦怦怦怦地跳个不停／很想从树的后面突然跳出，对你诉说，向你表白／很想拉着你的双手，在这奇妙的花丛里一起舞蹈，一起谈天

亲爱的，桃花已经许给春风／所有的蜜蜂和蝴蝶都在忙碌着约会／阳光嫁给了草地，天地万物仿佛正精心准备一场浩大的婚礼／亲爱的，我却只能在心底里这样默默地，一遍一遍呼唤你

我的脚底已生出根须，扎入泥土，死死地不能挪动／我的心脏已抽芽分枝，身体发肤感到阵阵灼痛／我将自己变成一棵桃树，口

不能言，身不能动 / 忠心耿耿地守在你家门前，头顶挂起串串灿烂的花蕾

你轻轻一个叹息，可能会灼伤我脆弱的花瓣 / 你一个不经意的眼神，于我却是致命的子弹 / 当你轻快的步伐一步一步靠近 / 我满头的花蕾开始像火苗一样熊熊燃烧，撕心的疼痛 / 在与你擦肩的一瞬间，我幸福得肝肠寸断，就地焚化成灰

有朝一日，我会在你家门前种下十里桃花 / 你远行的步履延伸到哪里，我梦中的桃花就追随到哪里……

桃花·十四行

他看上一位好看的姑娘 / 早春的时候就开始心旌荡漾 / 他一向老实巴交笨嘴笨舌 / 一点儿不懂得该如何诉说

他站在风地里无尽地怅望 / 高举着臂膀期待遥远的回响 / 焦渴的眸子里抽出丝丝穗条 / 引来麻雀和灰鹊在上面筑巢

纤细的影子在地面上延伸 / 郁闷的根须在地底下彷徨 / 沉重的脚步迈不出这田野 / 心底的思念早郁结成疙瘩

有一天在梦里与她相逢 / 甜言蜜语漫山遍野一齐怒放

桃花岛上的小哥哥

杨 捷

一

这么多年　隔着一张纸的经纬 / 我种春风　你养桃花 / 我一直放牧指尖幻化的蜂蝶 / 而你企图用一些文字 / 修复骨头里的暗伤

悬空寺总让一些语言悬空 / 还有些桃木伸出枝丫 / 它们叩开尘封已久的窗棂 / 好用花瓣的娇嫩去影射妄想的思维 / 佛祖于是只能在春天偏安于尘世的一隅

我想说的不是经年　也不是来生 / 你的桃花也只能在这辈子布阵 / 围剿我文字编织的春风以及春雨 / 这多少有点离经叛道 / 可有时　我们就该这么率性地活着

二

一场春雨过后 / 傻傻的桃花在枝头开疯了 / 我不能不说它们是一些好的颜色 / 是该向天空释放一些情欲 / 笑就大笑　哭就要泪奔

我知道这世上有些种子 / 深埋在土里　也未必会发芽 / 有些记忆在胸前结晶 / 也未必都成琥珀

还有什么规律可循呢 / 尽管长路之外还是长路 / 雨季过后还是雨季 / 如果生命可以划分为一段段的四季 / 我宁愿在你白雪皑皑的峰下春暖花开

三

每朵花都有属于自己的语言 / 也许缺少的只是一颗善于聆听的心 / 如果你说　想我 / 就总会是云开雾散之时 / 每一个丽日跟黄昏都是生命的开始 / 而所有的坡壁和山崖 / 都会开满烁烁的桃夭 / 我逃不开这世间的俗不可耐 / 我又怎么舍得与你就这样相遇　然后别离

别恨这闹人的春思夺怀 / 就像河流相信每条支流都会流入大海 / 就像草木顺应季节的气息欣欣向荣 / 不远的前方　你已是满园春色 / 只等着　我来投奔

故　　事

鲁剑虹

外婆的外婆传下来 / 一个同样的故事 / 母亲的母亲浇灌了 / 一株碧桃 / 三月的花丛里 / 孟姜女款款走来 / 步履并不那么沉重

铁干铜枝 / 贞烈的风骨不乏 / 妩媚和柔情 / 故事里的故事 / 是血泪合成的情节 / 凝聚的却是 / 庄严而又肃穆的轻盈

东方特有的情操 / 她 / 是一个当之无愧的典型 / 没有远路,没有不可能 / 把千年的风月聚凝 / 袅袅青烟,晨暮钟鼓 / 桃花岁岁如此,永不凋零

桃 花 姑 娘

李芳琴

如旧年的风 / 带来新春的绿 / 张开美丽的笑脸 / 顶着粉红的纱巾 / 跳跃着向我扑来

含情脉脉 / 娇态妖娆 / 紫陌红尘拂面来 / 你温馨的柔波早已让我 / 沉醉迷恋

爱你 / 在很久的以前 / 孩童时追随着 / 你的身影 / 少女时暗恋着 / 你的美丽 / 乡间的小路有你而不孤单 / 收工的钟声有你 / 而忘记疲惫

爱你 / 却从未表白 / 少女的羞涩让我 / 错过一次一次 / 只把爱偷偷地 / 埋在心底

今天 / 在这温暖的季节 / 在这明媚的春天 / 我再也控制不住 / 那假装的矜持 / 心儿沸腾 / 扑进你的怀抱 / 双手缠绕 / 揽你入怀 / 大声喊出 / 我爱你——桃花姑娘

桃　花

贺胜利

"桃之夭夭，灼灼其华。"/吟诵着《诗经》，我知道了你/是艳丽的代称。/"芳草鲜美，落英缤纷。"/吟诵着《桃花源》，我知道了你/与美好和谐孪生。"长恨春归无觅处，不觉转入此中来。"/吟诵着《大林寺桃花》，我还知道了你/是春的使者，是春的化身。/"去年今日此门中，人面桃花相映红。"/吟诵着《题都城南庄》，我还知道了/王维所以写《息夫人》，杜牧所以写息妫。

尽管呀——/杜甫高声地宣唱：轻薄桃花逐水流。/可你——/依然吸引得文人骚客舞文弄墨/满树和娇烂漫红，万枝丹彩灼春融。/一幅多么炫目、多么繁盛的桃花图/如何不教人生出喜悦！/如何不教人联想青春！/如何不教人赞美新生！

桃　花

刘辉

红的/粉的/白的/开在山坡/绽于地头/流淌在原野
她摇曳在春风里/荡出万紫千红/她姿态万千/开出"人面桃

花"的思念 / 开成"桃花潭水"的留恋 / 开为"山寺桃花"的高洁 / 她开在人们的心中

于是有了 / 春桃 / 桃花 / 仙桃 / 花桃 / 平实而普通的中国女孩子的名字

桃花 / 淡了 / 退了 / 香气如故

看 / 桃花 / 变了 / 她由一朵朵 / 变成了一颗颗 / 绿的 / 粉的 / 红的 / 树枝低垂 / 果实累累

农民 / 乐了 / 笑成 / 桃花朵朵

行香子·咏桃花寄远

赵奇立

粉叶如霞,香蕊如芽。桃花开、春到田家。念伊人兮,钻出篱笆。约心中她,林中赏,眼中花。

朝思暮想,心乱如麻。折磨人、甜苦交加。细思欲待,绾个疙瘩。恨手无力,放不下,喊冤家!

你我都会成为记忆——桃花自语

皇甫江

春风又起 / 柳又依依 / 人家屋院 / 山梁地畔 / 你又一次看到了 / 我的美丽

其实 / 我已不是我了 / 你看到的是 / 我的后辈 / 我只是你 / 不愿忘却的记忆

我为什么会如此 / 芬芳美丽 / 因为生命 / 只给了我一次契机 / 不敢错过花期 / 要努力留下自己的印迹

尽管土壤干旱贫瘠 / 尽管寒风刀子般凌厉 / 我们都不会给 / 抱怨一丁点时机 / 勤勉尽力 / 涵盖我美丽的所有秘密

是的 / 生命只是瞬息 / 现时暂属自己 / 和我一样 / 你也会成为 / 别人的记忆

我用种子果实 / 留住美丽 / 给世界甜蜜 / 而你用什么 / 让后世的人们 / 将你永记

你我都会成为记忆 / 生存的机遇 / 需要我们 / 倍加珍惜 / 就让我们从现在做起 / 努力给世界留些印迹

铜川黄堡孟家原巨桃产地春游记诗词二首

范载阳

七律·桃花

春风大喜开怀笑,迎娶桃花不胜娇。
遍地胭脂颜色醉,漫山红艳热情高①。
农夫汗水湿黄土,好雨阳光壮妖娆。
巨桃如斗撼玉帝,名冠瑶池慰劬劳②。

采桑子·孟家原观桃花

一山春胆织浓艳,岁岁妖娆。今又妖娆,青野桃花接九霄。
胭脂欲醉描春梦,极尽风骚。莫道风骚,如斗巨桃汗水浇。③

---

① 胭脂颜色、红艳,均指春季的红桃花。
② 玉帝、瑶池,神话传说中玉皇大帝委托王母娘娘年年在瑶池主持举办蟠桃盛宴,玉帝及各路神仙毕至,且以寿桃赐宴,以示天恩。
③ 胭脂与上文的春胆,均喻指漫山遍野如花海、接云天之红桃花。

桃花（外二首）

温晓艳

桃花开了 / 林子笑了 / 林子笑了 / 桃花醉了
林子醒了 / 鸟鸣婉转 / 蜂蝶飞舞 / 桃花烂漫
阳光灿烂 / 桃花芬芳 / 溪水潺潺 / 鸟语花香
桃红柳绿 / 春光无限 / 春风送暖 / 生机盎然
春雨绵绵 / 桃花初绽 / 扮靓家乡 / 美化铜川

山桃花

伫立在田间地畔 / 你的倩影 / 一片芬芳 / 装扮了田野

粉色的妆容 / 淡雅而不失美丽 / 庄重而典雅 / 你沉默无语 / 像待嫁的新娘 / 娇羞地闪动着你长长的睫毛 / 在粉色娇嫩的脸庞上镶嵌着 / 明亮的花瓣似的眼睛 / 你明亮的眸子 / 如山泉般清澈

春风轻拂你的发丝 / 杨柳在你的耳畔低语 / 小溪倒映着你的窈窕身姿 / 山野有你不再寂寞 / 大地轻吻你的衣裙 / 小草匍匐在你的脚下 / 欣赏着你与众不同的美丽

绚丽的山桃花

当春天还在沉睡中 / 你伴着一声春雷 / 早早地醒了

春天还在酝酿中 / 你已经换上了春装 / 轻盈地走来 / 袅袅婷

婷 / 芬芳迷人的姿态 / 引得蜜蜂飞舞 / 蝴蝶争芳 / 百花忙着梳妆打扮 / 赶集般地涌向春天 / 花团锦簇 / 绿草如茵

　　山桃花 / 勤劳耐寒 / 在春寒料峭中 / 抖擞精神 / 在细雨如丝 / 春雨绵绵中 / 悄然绽放

　　山桃花风姿绰约 / 陆陆续续绽放着 / 春天里的一首首诗 / 谱写着春雨里的一首首曲子 / 是春风中的一个个精灵 / 是大地万物间的天使 / 是我内心那芬芳的情愫 / 是田野里流淌的音乐 / 是小草喜爱的花仙或女神

　　山桃花远远地勾勒出了 / 天地间美丽柔和的线条 / 渲染出了大自然最优雅的 / 一片粉色的云彩

　　那是天边飘来的 / 一片粉色的云彩吗？ / 那是画家渲染的一树 / 最美的花瓣吗？ / 在雨中轻吟 / 在风中轻跃 / 在阳光下微笑 / 在黄土地 / 最不起眼的那一片 / 贫瘠处扎根 / 在山间地畔 / 把青春的倩影定格在 / 人们永恒的记忆里

　　山桃花开了 / 伴着晨霭 / 踏着晨露 / 田间地头 / 悠悠飘来 / 一片片粉色云彩 / 冉冉升起 / 一团团粉色云雾

　　随着农家炊烟四起 / 田野里 / 枝头上 / 山桃花朵朵竞相吐蕊 / 枝头绽放着 / 一张张明媚的笑脸

　　微笑的山桃花 / 沉默无语 / 魅力四射 / 盛开的山桃花 / 芬芳迷人 / 端庄秀美 / 初绽的山桃花 / 希望在怀 / 憧憬无限

　　花瓣的清香 / 沁人心脾 / 花蕊的芬芳 / 赏心悦目 / 花团锦簇 / 令人心旷神怡 / 花香弥漫 / 令人神清气爽

　　微风轻拂 / 细雨如丝 / 枝头摇曳的山桃花 / 时而低语 / 时而歌唱 / 时而舞蹈 / 时而伫立 / 千种姿态 / 万般风情

山桃花 / 一枝枝、一树树 / 让寂静的山野热闹起来 / 一簇簇、一朵朵 / 让单调的田野色彩缤纷起来

随处可见的山桃花 / 生长在北方河畔、田间或山野 / 长在荒凉贫瘠之地的山桃花 / 从没有见过外面的世界 / 坚守在这贫瘠而荒凉的 / 一方天地 / 一方水土

她听到千里外打工回来的 / 男男女女在树下走过 / 留下一串串欢声笑语 / 他们兴高采烈、眉飞色舞地聊着 / 外出务工的见闻 / 大城市的生活 / 还有山里人甜蜜的梦想 / 最欢乐开怀的是带回来了 / 一年的收获 / 一年的喜悦

山桃树在静静聆听 / 山桃树丝毫没有抱怨 / 自己这样的生存环境 / 却让他目睹了 / 身边一年年的变化 / 不仅看到村里的农家乐 / 生意红红火火 / 唤来了来自四面八方的宾客 / 而且山桃花见证了 / 村子里几条坑坑洼洼的土路 / 已被平坦宽阔的水泥公路取代 / 于是山桃树挺直了腰 / 山桃花朵朵扬眉吐气

在阳光灿烂 / 春暖花开的日子里 / 山桃花树下 / 聚拢了一群群游客 / 在这景色宜人的田间地头 / 山桃花树前 / 他们拍照留念 / 把山桃花的芳姿倩影 / 留在数码相机和摄像机里 / 如获至宝似的满载而归

山桃花再也不像以前 / 被折了花枝 / 遭受皮肉之苦 / 枝残花落 / 被人们无情地掠走

没人再攀折花草树木 / 没人再破坏自然环境 / 行人们精心呵护 / 每一棵树、每一棵草儿 / 让山桃树的心里充满感恩

蜂蝶翩飞 / 莺歌燕舞 / 山桃花如约而至 / 满树芬芳风姿绰约 / 那是山桃花热烈地盛开了 / 为春天增添一份惊喜 / 为春天描绘一份清新 / 让春天如此亮丽多姿 / 让田野如此绚丽多彩

桃花诗歌五首

崔 彦

一 桃花

三月春山最好 / 桃花又满坡 / 你的微笑胜过了三月桃花 / 似水温柔 / 我的爱 / 对你说 / 千言和万语 / 朵朵桃花开

二 桃花美 春光好

春风如醇酒 / 徐徐秋波 / 向大家敬酒 / 第一个喝醉的是漫山遍野的桃林 / 芳菲红透 / 倾城倾国 / 看了一眼的人们都魂牵梦萦 / 情深似海 / 你从哪里来我的朋友 / 为什么相聚在这里 / 甜蜜的爱情 / 浓浓的乡情 / 忍不住四起歌喉 / 桃花美 / 春光好

三 丹唇未启笑先闻

花开花又谢 / 一年又一年 / 我却总是把花期错过 / 那零落的桃花如同逝去的爱情一样 / 无影无踪找它不见寻它不着 / 只叫人魂牵梦萦寸断柔肠 / 却怎么也忘不了爱意初来时的那份神情 / 开放的桃花 / 一抹红晕沁香点点 / 丹唇未启笑先闻

四 无题

最美的脸庞 / 春的红腮 / 芳菲含香 / 最动听的曲子 / 春的呼

唤 / 关关雎鸠爱的鸟鸣 / 三月春暖 / 多少诗情 / 漫山遍野桃花开 / 江边月夜 / 多少画意 / 星星的眼泪明亮而晶莹 / 青纱帐晨雾蒙蒙 / 谁的婚纱 / 飘飞 / 飘飞

五 桃花屋

花开了寻香而来都把花儿嗅 / 花开了寻美而来都把花儿赏 / 唯有我愿意和花儿做朋友 / 长相厮守 / 花美我也美　花香我也香 / 君不见花下那片空地就是我的屋房 / 我日日夜夜头枕巴掌身盖落花半梦半醒 / 醒时花下做着白日梦 / 功成了　名就了 / 穿红戴绿　裹缎盖绸 / 夜晚做着神仙梦 / 鹊桥相会见到了自己的爱人 / 啊！今朝有酒今朝醉 / 花间一壶酒 / 五花马千金裘 / 怎么比得上这花儿美花儿香 / 君不见富比王侯都做了土 / 只有这满树的春花诗情画意 / 百年不变繁花锦绣 / 头戴花儿身披花儿 / 花儿一样的女郎 / 花儿一样的梦想 / 慢斟小酌花一样甘甜醇香的美酒 / 低吟浅唱花一样缠绵缱绻的诗歌 / 此生还有什么值得追求 / 还有什么值得奋斗

寻梦桃花园

李志文

梦中的桃花灿然开放 / 把我的梦想引回遥远的故乡 / 在那一片小小的桃花园里 / 我们度过的那段甜蜜的时光

招蜂引蝶的桃花园里 / 见证我们爱情的甘甜 / 暗香浮动的桃花

园里／把我们的爱情极力张扬

是谁在园外支起画架／丹青妙手把生活描画／是谁把相机端于胸前／把瞬间的美定格永恒

漫步在这花的海洋／我的思绪穿越千年时光／你可是刘、关、张结义的那片桃园／把千古忠义传为佳话／你可是都城南庄的那片桃园／人面桃花笑尽春风无涯

寻梦桃花园，让幸福如桃花怒放／寻梦桃花园，让我们一起珍惜这如锦年华

桃花，这不是你的错

朱元奇

桃花，你美若天仙／桃花，你妩媚似妖

把你比作仙子的，是个男人／称你为妖精的，是个女子

男人们只顾一门心思欣赏你／却无端惹怒了身旁花枝招展的女人

女人们也觉得你的美浑然天成／心里却无端生出许多醋意

男人和女人，相约在花下／说好一起来赏花的，却生出许多怨怼

历史上许多红颜典故大抵由此酝酿／社会上许多花边绯闻也许经此渲染

男人沉默着，想不通女人的脾气为何一日三变／女人也沉默

着,猜不透男人的心里到底装着谁

桃花,我知道这不是你的错

一缕香风

刘俊巧

铺展画纸,调上颜色,把点点艳红涂抹。三月的精灵,人间的喜悦,它,带来一支轻轻盈盈的歌。

一抹阳光,一缕香风,春从平原来,翻山越岭,从我的面前走过。一枝红艳,一撇红光,风姿婀娜,飞越渭河,从我的故乡走过。

细细描绘,皴勾点染,好嫌手拙,怎么也抹不出自然的颜色。这是碧桃,这是春神,一夜之间铺满山梁、山坡。

温暖的风里,萌动的情爱,由一缕香风传播,轻轻地、轻轻地进入少男少女的心窝。有了希望,有了干劲,有了酒醉一般的诗歌。

一缕香风,一树红艳,将我们的生活涂抹。一缕香风,一树红艳,在春的曙光里闪闪烁烁!

桃花依旧恋春风（藏头诗）

田建国

（去）年春天桃花开/（年）年今日约定来/（今）春山坡花更艳/（日）上终南暖情怀/（此）时满山铺霞彩/（门）前杨柳迎风摆/（中）庭桃树为你栽

（人）间三月赏花来/（面）若桃花放异彩/（桃）花依旧恋春风/（花）开花落情似海/（相）见恨晚花无缺/（映）照岭上南五台/（红）霞万朵为你开

（人）间最爱春常在/（面）面山坡花不败/（不）误今生桃花运/（知）己红颜树下埋/（何）年何月摘桃李/（处）处花魂处处在/（去）去天涯去去来

（桃）花红来杏花白/（花）径流水情难载/（依）依杨柳桃花缘/（旧）时明月照楼台/（笑）看桃花舞春风/（春）情春意春山外/（风）吹桃花入君怀

桃花三首

君 明

一

姜女祠庙蒙风尘,两千余载存至今。
化作桃花千千万,年年盛开见伊人。

二

曾食孟原水蜜桃,个大味鲜色艳娆。
可惜未见鲜花阵,更有伊人云中招。

三

不见桃花阵,观林愿亦足。
梦中景更美,山深闻布谷。

桃 花 山

张宏伟

一个古老的传说／吸引着我／从繁忙的生活走了出来／桃花山上有春风／桃花山上有桃红／浪漫的天性／让我漫步在这里

桃花深处遇春风／去倾听姜女的传说／桃花山前桃花庵／花开的地方是我家／传说中的女子／为追求爱情／折枝桃花送相公／白头到老共此生／桃花生来多痴情

千里寻夫的故事一直被世人传唱／桃花山前桃花庵／孟姜女在这里诞生／她和桃花有了不解之缘／她和桃花让这里充满神秘／花开的地方是我家／让我充满好奇／去追寻她的足迹／去观赏那满山的桃花／四月春风／吹红满山的桃花／微风吹过我的脸颊／我看着满山的桃花／联想着世外桃源／岁月最无情／人生多变动／去孟姜女生活过的地方／去寻找一个奇女子的足迹

五 花映漆水

闲观秀水映蓝天，
阅尽同官十里川。
旧岁悠悠承国事，
乌金滚滚醉华年。
南彰丽影新城景，
北守霓虹老井泉。
道是人生应惬意，
三花梦醉漆河边。

——七律 / 董西学

桃花吟四首

赵建铜

桃 花 吟

　　地头一株,婷婷的桃树,岁岁春上它早发。朵朵娇媚,一立千年;无言无语,风吹雨打。姜女的身影,广野里永远的佳话;那个鲜活的人儿,从古原出发。移动裙袂,晨风晚霞;一路向北,心儿无涯。河山动容,真情留下,化作了春日里灼灼的桃花。

　　地头一株,婷婷的桃树,岁岁春上它早发。朵朵娇艳,美丽无瑕;历经风雨,人间佳话。姜女的身影,是永不颓败的风华。那个桃花般的人儿,从古原出发。星眸望北,晨风晚霞;踽踽前行,心儿无涯。归来成神,泉边坐化,化作春日的灼灼桃花。

泉 映 桃 花

　　离离原野晴丝柳,灼灼处,桃夭抖。岁岁清明烟雨后。田园如画,柔风轻叩,风摆纤纤手。

　　宜君梁上同官酒,烈女松林碧泉有。渭北高原黄土厚。彭园云梦,成仙长寿,还是真情久。

春游孟家原

　　孟家原上观桃花,山海映红霞。幽思烈女关山月,路漫漫、别土离家。幻化桃夭,年年早发,传播向天涯。

清明时节问桑麻,农舍煮新茶。整齐庭院无栏栅,鸟儿叫,久立枝丫。出门见得,盈盈款款,风鼓丽人纱。

耀州窑遗址怀古

玲珑剔透意幽幽,闪烁似星眸。桃花细雨炉窑外,照旧是,漆水川流。唐风宋韵,桑田沧海,钟鼓送春秋。

柏林智慧撼心头,曾不断沉浮。陶人和土成华乐,欲登上,理想之楼。千年薪火,传承接力,渡海有方舟。

漆水从远古来

郭小丽

千年的风撩不开她的面纱,烟岚萦绕着神秘女华。一缕丝带飘向东海,昼夜不息地蜿蜒而下。漆水,从远古而来,纵情歌唱,酣畅吟咏,从密林流出,迎着迟暮朝霞。

那狼虫虎豹的乐园里,那云雾迷障的高山上,那沟壑纵横的幽深处,是否栖息着那个伟大的女娲?柔情的漆水河,她的乳汁,养育了多少子子孙孙,浇灌了无尽的五谷桑麻。

第一次把野葡萄酿酒的醅醇,至今,依然滋养着各异的奇葩。仰韶的砂陶,盛满了清水,映照着人世间第一枝桃花。周秦汉唐的韵律,悠悠的洪钟,涤荡了几多纷杂。女华耸立,女神一般,白云成了她的飘逸秀发。

耀州窑汲取漆水的凝润，把唐宋的色泽放大。剔透玲珑，赢得了世人青睐，高岭土将彩霞留下。漫漫古道，脚夫、行旅，北方青瓷进入了万户千家。清风徐徐，时光流逝，祭窑的笙箫惊动高岭上的归鸦。

漆水河从远古来，两岸尽是熠熠的桃花。黄土高原的赤褐色，被风吹起，飘落到了九州各地、海角天涯。暮春的流水，把此地飘逸的花瓣带走，从此，铜川人就走向了世界，毫无虚夸！

漆水从远古来，带着桃色的面纱。

……

春 之 声

王可田

春天的手扶拖拉机和桃花

把水箱烧开，把柴油拧成一股／呛人的黑烟／春天的手扶拖拉机狂奔在田野上

春天的手扶拖拉机在田野上狂奔／在松软的土地嵌入深深的辙痕／间或洒一摊黑污的机油

春天的手扶拖拉机禁不住酥软的吹拂／按捺不住笨拙身躯的颤抖／突突突突地欢叫在一望无际的田野上

麦田油绿，一朵桃花抢占枝头／年轻的拖拉机手脸色红润，紧

握扶手 / 他怦怦直跳的内心 / 像滚沸的水箱满溢而出

天空蒙盖，犹如蔚蓝的子宫 / 一台手扶拖拉机的亢奋不明来由 / 从早到晚，只顾在春天耕种的原野上 / 四下奔突

清　明

翻越旧时山梁 / 悠悠南风唤起恒久的忧伤

茵陈遍野，麦苗拥簇 / 清脆的雀鸣叫醒椿芽 / 小小的地丁绽开蓝色的梦 / 远天之上，孤鸟奋飞 / 御风的春神翩若惊鸿

柏荫下的迟暮，草皮底下 / 无法测度的黑暗时光 / 野刺玫啊，捧举凄艳火把 / 隐秘之焰焚烧我心 / 飘曳的炊烟像招魂的呼喊 / 不绝如缕，度陌越阡

山桃野杏开得烂漫 / 宿山林、眠风雨的人 / 你根上的枝条已是叶茂花繁 / 这是一如往昔古老的春天 / 这是人间走向果满枝丫的春天

多少殁去的事物一去不回 / 只有茵陈，抚慰心肝的茵陈 / 不知哀乐与年岁，饱蘸春光 / 在故乡的田野恣意生长

故乡的春天

油菜花，一垄垄土里溢出的黄金 / 向人们炫耀乡村的富有 / 雪白的洋槐花漫山遍野 / 缀满时光的枝丫

哪里有花香，就在哪里安营扎寨 / 快乐的放蜂人 / 一顶帆布帐篷撑开梦想的家当 / 戴上面罩割蜜，支起煤炉生火做饭 / 旁若无人地介入故乡的春天

蜂蝶遍阅花朵的心事 / 繁忙的春天不曾有过落寞 / 青春渐长的少年迎风奔跑 / 他失手打翻灌满蜂蜜的酒瓶 / 甜蜜的心也需要一次

破碎

  那个胡子拉碴的外乡人哼着小曲 / 他猫腰忙碌的样子 / 活像蜂群中一只最老的蜜蜂 / 一只只豢养的宠物在夕光中满载而归 / 如同他收回一群群的意念

  当一辆破旧的大卡车 / 摇摇晃晃，载走外乡人的全部家当 / 也就带走了故乡的春天 / 那个快乐的单身汉 / 还顺手偷走一颗少女的芳心

  呵，颤巍巍时光远去的背影 / 等待一场雨水刷白 / 有几只遗失的蜜蜂浑然不觉 / 仍在故乡低矮的花丛中 / 穿针引线……

桃花又开

张续东

开在冬天和春天 / 焊接的 / 铁青色山梁
布谷鸟喊布谷 / 白鹭驮着漆水河 / 飞向上游
天空的倒影 / 红云灼灼，宛若一群 / 体香氤氲的仙子
二月，桃花又开 / 我拉着妹妹，采了 / 一把春风和芬芳

三月的风

孙玉桃

　　三月的风　透明的 / 清澈了大江南北 / 过滤了往日的雾霾 / 阡陌大地　阳光明媚 / 背起画板出郊外 / 燕舞莺歌人陶醉

　　三月的风　多彩的 / 渲染了高山平原 / 替换了昔日的晦涩 / 远远近近　桃红柳翠 / 踏青的游人脚步轻 / 绚烂的彩云接翠微

　　三月的风　温和的 / 驱除了料峭春寒 / 迎来了紫燕回归 / 桃园繁花　山野芳菲 / 村姑洗衣石罅边 / 笑语和落红齐飞

　　三月的风　轻柔的 / 皱起了一池春水 / 撩动了多情的季节 / 呢喃燕子　穿柳相追 / 轻扬的万条柳丝 / 挂住深眸里的余晖

　　三月的风　甜甜的 / 带着江南的软语 / 和着蔗糖的滋味 / 黄土原上　秦岭以北 / 那个孟姜女传说 / 化成桃夭的赞美

七律·桃花思

杨树屏

一

春来子午起云烟①,远黛钩沉夜难眠②。
廿岁韶华付逝水③,春风华发驻铜川④。
年年见得桃花照,每每衷情听杜鹃。
独饮柳林看柳絮⑤,悠然不觉似参禅。

二

一架藤萝一树花,一声布谷荡山洼。
闲时蹀躞赏山景,沉醉东风沐晚霞。
莫道人生多苦涩,逢春红绿满枝丫。
无常应是多情者,心健心里才是嘉⑥。

---

① 子午:子午岭。
② 远黛:调令关,子午岭主峰。
③ 廿岁韶华付逝水:杨树屏大学毕业后,因故被派往甘肃某地近三十年。
④ 华发:归来已是双鬓斑白。
⑤ 柳林:酒名,柳林春。
⑥ 嘉:好心情。

喜盈盈地你来了

姬铮铮

　　喜盈盈地你来了 / 伴着春风春雨 / 典雅，活泼，明眸 / 一袭亮丽的披挂 / 落落大方且又含羞 / 夜雨后，泥土的气息 / 围绕着你的轻柔 / 呼唤冰融的河流

　　喜盈盈地你来了 / 伴着和煦的东风 / 轻盈，婀娜，无愁 / 夺目的色彩 / 相映鹅黄的嫩柳 / 纱幔般，铺展开来 / 弥漫了广袤原野 / 渲染了沟壑山头

　　喜盈盈地你来了 / 伴着明媚阳光 / 光鲜，夺目，清幽 / 款款在新野奔走 / 行色匆匆漫过荒丘 / 装点了，乡村和诗情 / 勤劳人家耕与读 / 笑谈五谷和桑绸

　　喜盈盈地你来了 / 伴着紫燕绕人家 / 窑洞，瓦房，阁楼 / 掀起一轮春潮 / 一阵阵的鸟雀啁啾 / 你是人家的春姑娘 / 唤醒了，又一个征程 / 将绿绿的柳笛奏响 / 放牧蓄足了精神的黄牛

沉醉东风

贾春燕

窑背上桃花开了 / 庭院里桃花开了 / 山坡上桃花开了 / 满世界的桃花开了 / 我的思绪纷飞 / 我的心力交瘁 / 我的思维纷乱 / 我的酒也向花间酹

行走在桃花林中的人是谁 / 孟姜女的桃花梦一夜破碎 / 是那么遥远的追寻 / 林黛玉的一帘幽梦挂满了珠泪 / 是那么的近 / 近得能听见泪珠落地 / 然而，那许许多多的幽林雅士 / 醉在桃花树下的风流 / 仍是那么别具一格的美

象征伊人的花啊 / 亭亭玉立，婀娜多姿 / 总是仙子一般一身霞帔 / 怎么就怀疑这艳丽的花儿 / 会被崔护吟咏得那么凄悲 / 虽说赋予了太多的 / 苍山和海水 / 心血和眼泪培起的香丘 / 是否撼动了顽石与崔嵬

艳丽的桃花 / 雅致的桃花 / 幽亮的桃花 / 人面似的桃花 / 是谁总要将它付诸流水 / 回望故国的尘路 / 有多少诗词记录了被摧残的妩媚 / 醒来的春梦 / 带着梨花雨一般的泪痕 / 和新月一样的滋味

这朵古老的明媚 / 在今日的细雨柔风里绽放 / 依然是一个接一个的蓓蕾 / 它炙热　它开朗　喜迎春风　它无所谓 / 古书里的红粉佳人 / 她们显得那么的多情而又憔悴 / 含香吐芳的花儿在原野上 / 梅瓶里的枯枝怎能留住春阳明媚

蝴蝶在飞 / 春燕在追 / 春雷炸开了严冬的桎梏 / 万里河山一派

苍翠 / 你啊——桃花 / 迎着温和的春光我怎么能不陶醉

青瓷幽魂四首

张惠妹

一 凤鸣壶

如果说凤有鸣,只是将迷离收起 / 在一次次的荆棘中 / 分出河床、大山、森林、沼泽 / 并找出去路

去路不过是七情六欲、儿女情长 / 去路又很是淡然,如同 / 一波落了一波又起的海浪 / 如同花朵,半是凋零,半是绽放

于是寻找成了宿命,各种支点 / 而我相信有凤,凤在云中,嬉与牡丹 / 如神,夹着浴火重生的啼唱 / 从唐朝轻歌,一直慢慢地 / 慢慢地进入我的梦

只需你执龙纹一摇,千年的春光便有声响 / 顺着壶嘴,倒出的不只是酒 / 更是那天然的大气 / 倒出燕子的牵挂,鸡的宁静 / 鱼的自由,龟的长寿 / 或者还有你本心里蕴含的黎明

二 倒流壶

倒就是将往事重提,影子从壶嘴浮出 / 从前尘里,找出一面镜子 / 让人静照、受洗,不慌乱,不迷失 / 倒也是一种磨炼,碎石,成沙,拉坯

流是水,水可以如瀑布飞流直泻 / 可以如同河流弯弯曲曲 / 水

可以如雪冰冷，可以如细雨沐春／多像一个人或者一个故事、一段历史／但无论刚、柔、直、放，都关乎本质

倒流壶其实只不过是宋或辽时的一种瓷器／但我看见那里最美的花香鸟语／我看见牡丹富贵缠枝，飞凤以展望的姿势提梁／看着，便有了朝圣者清晨的甘露，以及阶梯／我看见莲花开了，沾上万水的叮咚／我一饮而下，穿过冬天的梅园／在前世今生里，仿佛没有疼痛

我打马轻瞄历史的长河／看见一次次错综复杂的战争，分裂、冷酷／以及雄伟里，人类依然大爱的母性／以此为证：母狮张口为流，幼狮伏卧吮乳／有乳吸吮如同一枚阳光在上，千山万水便辽阔了／于是人有了沉重与奔腾的理由

我看见柿子已经红得掉落／柿蒂瓣紧合盖顶，那是事事如意的隐义／国祈求国泰民安，家祈求和顺平兴／倒流其实也是到福的期盼，福是青釉色的优雅／也是水的自然，每个人都在祈求生活像蓝天一样／于是总有灵魂出窍，一次一次地把远方眺望／或者把当下重拾

三　公道杯里的相思

我交出自己，将厚厚的心揉得软软的／然后化成水，倒入你的杯心／以你为界，你便是缘，便是爱／像走在一条路上，路是坦坦的／没有陡峭，万物都是兄弟／就连荒草也是

并有桃花、苹果花朵开放／在你的山冈，我温暖地等待／等待成甜蜜的相思／直到如你如龙首高于杯子／如果你来，我的正果才能修成／如果你不来，我将静默／静默成尘土下千年的瓷器

把持浅则滴水不漏、满则流尽的胸襟／并以钵盂盛满的佛性／让

一切刻骨在时光的空气里 / 将自己化成风，化成雨 / 化成鸟鸣或者流水，也许也是等你

四　良心壶

良心壶其实是两心壶，两个窟窿 / 一个朝天，一个指向地狱 / 朝天有甘露，甘露之上有凤飞 / 地狱打结，装满苦水

如果人间有九重，那么善也九重 / 恶也有九重，九重与九重不一 / 却共云、共风、共雨，共阳光、土地 / 善念堆积爱意，于是寿星抱桃成了你的壶体 / 在福、禄、寿里，九重善恶平秋色 / 但黑与白有时又并不是那么纯粹

提起两心壶，我像看了一本好书，或者 / 结交了一个益友，在安静的纹理里沉思 / 我摸着高处的缥缥，低处的缈缈 / 在铜川，在陈炉的古镇 / 我听见耀州瓷在碰撞里 / "叮"与"当"互道珍惜

桃花诗词四首

苏君霞

鹧鸪天·醉桃花

娇媚从无叶护呵，春风过处漫山坡。
夭夭香蕊争词韵，灼灼粉面映梦河。
轻唱和，慢吟哦，浓情柔作鹧鸪歌。
诗人总醉桃花雨，心底文章起浪波。

七律·桃之夭夭（新韵）

蝶翼翩翩舞娉婷，桃花俏蕾吐春声。
枝头韵染妖娆态，岭上霞飞妩媚容。
笑靥魂迷骚客笔，娇姿撩动墨家情。
由来最解东君意，绽尽风流别样红。

五律·桃怨（新韵）

人有风流运，岂赖桃花名。
春情催我绽，骚客醉眸倾。
冷暖皆天命，去留凭雨声。
香魂随月影，泥土是归茔。

喝火令·桃花雨

点点桃花雨，纷纷落满怀。几多离恨掩阴霾。魂去粉香犹在，缕缕散尘埃。

有酒堪当醉，闲愁入梦来。笛声何处韵哀哀。泪湿清明，泪湿忆成衰。泪湿霓裳无语，孤影对楼台。

桃花情（外一首）

胡淑花

你不是春天的使者 / 却把整个季节点亮 / 粉嫩的肌肤 / 闪动着少女的光芒 / 簇拥的腰肢 / 扭动着季节的渴望 / 春天 / 怎会少了你的卖场

你不是岸边伊人 / 却走进了我的梦乡 / 淡淡的味道 / 是一曲悠长的笛声 / 果心的模样 / 镌刻着永恒的守望 / 春天 / 怎能偏偏把你遗忘！

桃 花 情

当黎明呼唤大地 / 一切都开始耕耘 / 清风拨弄我的秀发 / 细雨打湿我的彩衣 / 温情的手臂 / 浓浓的爱意 / 弄得我措手不及

仰望天空 / 我欲乘风而去 / 脸蛋儿红了，心儿醉了 / 可我怎会忘记您啊 / 那给了我生命的土地 / 一份深情，几份美丽 / 我要把它 / 绽放在灿烂的笑靥里 / 用爱陪您 / 一个多彩而温馨的雨季

凝望大地 / 我想自由起飞 / 花儿谢了，心儿飞了 / 可我怎会辜负您啊 / 这给了我青春的土地 / 一份依恋，几份希冀 / 我要把它 / 蕴藏在甜美的果实里 / 用心给您 / 一个温暖而永恒的记忆

听雨轩诗话

张延峰

暮春周末,偶得闲暇,应黑聊、樵人二君之邀,夜聚听雨茶轩,谈诗论词,话今怀古,议时叹春,有感记之。

华原三诗友,暮聚听雨轩。长烟送西霞,清辉出东山。
窗含济阳寨,户迎玉华川。白壁悬珍墨,古意写竹兰。
红木雕汉椅,紫檀镂唐案。耀州倒流壶,陇西夜光盏。
佳人捧香茗,纤手托玉盘。茶煮碧螺春,水汲姜女泉。
倾壶香自溢,持杯诗花泛。谈古说今事,评词话文坛。
远及太元初,盘古开浑天。轩辕人文祖,龙驭在桥山。
汉唐造盛世,帝都居长安。华夏文明邦,诗章何浩瀚!
四诗风雅颂,诸子留神篇。楚辞唱离骚,汉赋吊屈原。
三曹建安骨,两晋尚清谈。采菊南山下,千古桃花源。
南朝谢灵运,倘祥山水间。北地乐府歌,阴山敕勒川。
灞桥柳色新,洛阳牡丹艳。李杜犹日月,光辉耀中天。
苍宇覆天地,群星多灿烂。宋词绽奇葩,诗海掀巨澜。
杂剧元散曲,高峰起平川。明清章回兴,巨著中外传。
五四启新蒙,白话入诗篇。雨巷愁丁香,康桥意缠绵。
雷电颂女神,敬之回延安。北国沁园春,战地黄花繁。

孤岛余光中，乡愁牵两岸。开启国之门，策鞭自奋然。
泥沙浊浪涌，珍珠废置闲。文化各千秋，明月本同圆。
汲彼华中精，汇我流与源。文章竞百家，诗词赏活鲜。
华夏新纪元，网路浪潮掀。雨中枫叶红，画桥柳生烟。
三友醉其中，四时与之伴。春山沐桃雨，夏池擎荷天。
秋菊香碧野，冬梅俏雪岩。身洁品自高，心静人愈闲。
斗转月西移，鸡鸣子夜半。茶淡意犹浓，更深叹春短。

七绝三首

皇甫江

一 致周占魁

人生不枉走轮回，姜女传承有占魁。
且待功成名就后，须当痛饮醉千杯。

二 致李延军

桃花诗会已多轮，赞罢奇葩念古人。
莫论功勋能几许，延军雅趣用情真。

三 致颜开昌

孟姜故里有开昌，引领乡亲致富忙。
味美仙桃能入画，天庭凡世尽由尝。

漆水幽梦九首

董西学

一 耿耿不夜

甲午秋淋半月长，山川寂寞野空苍。
樽前浅醉吟诗句，枕上微酣听乐章。
不肯落红随水去，怎堪乱叶任风狂。
客愁最是无情夜，泪眼蒙眬入梦乡。

二 细雨寄情

暮雨淋窗现逝湍，小城街市泛微澜。
野松含黛山犹绿，漆水浑黄浪逐宽。
国庆重阳双节幸，秋分寒露薄衣单。
热风酷暑消停日，入夜清凉一梦安。

三 漫步秋雨

秋节风凉暮雨潇，得闲执伞步崎峣。
苍山渺渺云遮掩，翠谷茫茫雾隐消。
蔬果争肥枝上乐，草花竞艳陌边妖。
静心怀远情归处，百里村家咫尺遥。

四　浣溪沙·雨思

朝雨唰唰搅夜长,漆河堤岸柳轻扬。苍山叠翠意清凉。
君道俗尘堪寂寞,我知才俊也彷徨。竹风梅骨暗留香。

五　七绝·贞燕

盛夏蝉鸣复恋春,香花次第化为尘。
漆河两岸风吹柳,贞燕还来见故人。

六　七绝·漆河晨景

盛夏晨游临市曹,人多嘈杂倍煎熬。
漆河水浅悠闲处,草长莺飞岸柳高。

七　七律·夏雨即景

临窗眺望正当时,入眼盈眸夏雨滋。
两岸清风疏印迹,一河浊浪卷参差。
尘霾隐匿青山秀,倩影彰形绿柳姿。
低语轻声吟快意,且将此景醉成诗。

八　漆河随想

雾气蒙蒙二月天,漆河两岸柳如烟。
倚窗眺望苍山远,别绪愁情一梦牵。

九　清平乐·春雪

凭窗远眺，雾重遮双眼。雪似鹅毛风漫卷，川岭苍茫连片。

正当冷暖交侵，又逢天降祥霖。只待三阳运泰，漆河杨柳吟深。

青瓷牡丹（外三首）

赵小彦

　　穿越一千四百年的时空隧道，流连耀州窑古镇的炉火向晚；谁能把黄堡十里窑场的繁华一一再现？青瓷牡丹让我们展开绵延不绝的情思，回大唐，梦回长安！

　　撮一把温热的泥土让它春满人间！吉祥如意、花开富贵、长寿延年。任万水千山，峰回路转，任岁月蹉跎，似水流年；你摇曳了千年的婀娜身姿，依旧魅力不衰，风光无限。

　　走进千年历史的长长甬道，你轻歌曼舞，妖冶风骚；我在耀州窑梦回长安的路上等你。等着你国色天香，魏紫姚黄；看不完道不尽你的风流韵事，嗅不断吐不尽你的儿女情长。

　　是你见证了大唐盛世，女皇红装！是你开辟了丝路花雨，富贵吉祥。雍容华贵——你把中华文明世界传唱，名扬五洲——你让世人艳羡倾城绽放。拈一把清香的泥土，那确有生命的激昂；谱一曲青瓷的赞歌，那确是千年的期盼、世纪的向往。

　　我在千年不息耀州窑的炉火中读你，我在温泉水滑洗凝脂的诗句中读你，我在大唐芙蓉园的出水芙蓉中读你，我在郑和下西洋的庞大舰队中送你。

浴火重生，青瓷牡丹，凤凰涅槃，火中凤凰；依然演绎着耀州窑千年不息的飞天神话和梦想。带着千古的悠思与世纪的芬芳，还你个倾国倾城、国色天香，还你个旷世容姿、五洲绝唱！

青 瓷 耀 州

所有的语言都显得苍白／那是入境后的得心应手／所有的文字都显得浮华／那是入情后的全神贯注／传统拓新／工巧而立意／透彻心智／意达而艺成／用陶瓷艺术参透人生的哲理／点顽石成真金／以创新思想诠释生活的品位／化腐朽为神奇／以正能量传递着普世的价值／青瓷耀州独树一帜

耀瓷姑娘的牡丹梦

老屋中堂的几案上，那对青瓷缠枝牡丹瓶，在我的记忆中总是闪闪发光、富丽堂皇。那时总想摸摸看看那刻画的缠枝牡丹，可那是奶奶的嫁妆尊贵高雅，只能驻足凝望。

童年定格的记忆中，刻画的牡丹是愿望、是富贵、是梦想。拈一把泥土的清香，那有着生命的激昂！那青瓷瓶上活灵活现的牡丹寄托了我们美好的愿望。刻一丛繁茂的牡丹，那确是满城的芬芳。那耀州窑的炉火似乎是那千年不息、一脉相承的向往。

那样的凝望、那样的向往、那样生动的牡丹是希望、是繁茂、是激昂。带着大唐的华贵浑厚，也有着宋元的落寞凄凉。精比琢玉、巧若范金始终是你亘古不变的模样。因为对你的心醉神往，才成了那个在陶瓷上跳舞的姑娘，在春潮涌动的阳光里，与你一起勇于书写新的华章。

这样的付出、这样的努力、这样飘香的牡丹是和谐、是昌盛、是吉祥。耀州窑的青瓷缠枝牡丹与这多少代人不变的信念，继往开来，历久弥新，不畏艰难，雍容怒放，沉淀了千古的文化，蓬勃着无限的朝气，这缠枝牡丹的耀瓷梦想，正在不熄的炉火中倾城绽放！

最美的容颜

初春，慵懒的阳光。天，乍暖还寒。我迎着凛冽的风，舒展身姿。露出一抹羞涩的微笑，就为让你看见，让你的心为之温暖。

三月，清润的雨丝。你含笑走来。我在花间起舞，翩跹摇曳。我的容颜如胭脂般红润，伴高山流水，倾尽一生妖娆只为与你花下共缠绵。

人间，锦绣般繁华。我，簇拥怒放。落花成冢我亦无怨无悔。只因在我倾城绽放的花开时节，与你相遇，你用一生记住了我最美的容颜。

春　桃

张宏伟

三月的风吹绿了/路边的草，吹开山间的野花/它让柳絮漫天飞舞/蓝蓝的天/洁白的云在那里飘/南飞的燕儿已来到

175

桃花开的季节／朵朵白云真烂漫／与风携手春意泛／红雨开处燃似血／伊人心上春，愁也愁，不愁也愁／梦轻云淡月，相思难，难也相思／拨开了姑娘心中的那个情窦

望春走来／心中阵阵涟漪／桃月里／进桃林／想念那个两小无猜／她默默许愿飞到空中化作云／风来捎信／花来作证／生生世世与心中的那个他紧相伴／让那粉红的花随风飘动

山 野 桃 花

白　村

初春的寒意料峭难耐，／卸去冬日盛装的人们又重新加深了温暖。／面对苍凉空旷的童山，／烧焦的草根诉说着无奈，／冰封的小河停止了喧嚣。

山，失去了鸟鸣，失却了喧闹，／犹如无力的人儿倦倦的，了无声息。／行走在寂寞的山间，／吟唱着春天里，／感受的却是冬的寂寥。

豁然间，眼前一亮，／土崖边的桃红令人心旷神怡。／远望／点点粉白，点点若星，／仿佛养在深闺的少女羞于启齿，半掩玉面。／近观／靓丽的早春吐露着迷人的香，／淡淡的，淡淡的如悠长悠长的小河。

我举手轻抚，／而她却微微一颤，／抖出黛玉的灵性和宝钗的端庄。／人面已去，桃花依旧，／我吟诵着迷人的诗句，／感慨惜春怕

春归的惋叹。

桃花依旧面朝青天，低首崖下，/浑然不顾我的眷恋。/蜜蜂的嬉闹、蝴蝶的蹁跹、人语的喧嚣，/似乎难以叩开她三月的心门。/她依然独自绽放，独自凋零，/执着地重复着四季轮回，昼夜更替。/笑对苍穹，温暖人心。

桃 花 雨

刘晓景

三月的桃花 / 点亮了春天的诗句 / 装饰了春天的容颜 / 在寒烟处绽放了春天的美丽

百灵鸟飞来 / 鸣唱着悠扬的晨曲 / 轻轻落在桃花盛开的枝蔓 / 把醉美的相思一点点采集

粉红的花瓣 / 写在少女羞涩的脸颊 / 摇落我心中一季的桃花 / 染红了岁月不老的记忆

桃花开了 / 涤荡了尘世的烟雨 / 开满了我春天的枝头 / 嫣然一笑在春天的清风里

写意桃花源

朱元奇

清晨有兴致,临窗舞丹青。
心有渊明志,落笔桃源生。
山中春意茂,曲水绕田园。
飞鸟穿林过,耕夫伴酒眠。
谈笑伴丝雨,侧耳有蛙鸣。
驻足相观望,桃花两三丛。
落墨成枝叶,泼彩为花容。
信笔点红翠,平地升烟霞。
香比陈年酒,艳若美人腮。
蜂蝶翩翩舞,骚客诗吟忙。
忽忆孟氏女,千古女中杰。
化为枝上红,烈烈最动人。

桃花就是这样的

耿 超

穿出浓情蜜意的柳丝 / 春天来了 / 飞进若隐若现的杏林 / 百灵唱了 / 桃花却是这样的 / 以仪态万千的风华 / 欲说还休的温婉 / 娉娉袅袅中 / 芳香暗涌……

不情愿妖娆灼艳 / 岂可有浓妆魅惑 / 桃花选择了素面朝天 / 花朵　清雅 / 花色　婉约 / 花香　恰在浓淡间

深谙《阳春白雪》/ 何曾调高弦绝 / 只想在这样好的季节里 / 与春风默然一曲低吟浅唱

音杳色斑斓 / 香幽醉胭脂 / 桃花就是这样的 / 以不染风尘的眼波 / 缠绵在一往情深的春光里 / 不经意地 / 溢彩 / 流芳……

爱 的 风 铃

王双云

爱的风铃曾经 / 带着青春年少的梦 / 摇曳在生命的风雨中

时间过去了多久 / 真的已经记不清楚 / 只知道那是一个 / 风和恬静的午后 / 恰逢槐花盛开的时候 / 漫随浓郁的清香 / 径直走到你

的门口 / 彩蝶萦绕在你的窗棂 / 依稀听见脚步的走动 / 还有轻轻的叹息声 / 但我却没有推门而入 / 谁知那青涩的懵懂 / 让心饱尝了煎熬的等候

四季依旧在往复 / 可日子却不再回头 / 烦躁闷热的时候 / 你送来缕缕凉风 / 紧握如期而至的问候 / 漫随温存的绵柔 / 念想跟着徐徐晚风 / 在你的门口窗棂飘游 / 聆听那香甜的鼾声 / 挂牵竟会越门窗而入 / 只愿你温馨的梦境 / 有心花怒放的执子之手

伫立在岁月渡口 / 尽阅落红枝叶飘零 / 仰头向过往挥手 / 让矜持混沌随风 / 守候无怨无悔的痴情 / 盼望如雪花晶莹 / 编一只美丽的风筝 / 放飞到你的窗棂或门口 / 再把那长长的线轴 / 郑重地交到你的手中 / 从此未来不再是梦 / 风雨兼程迎接欣欣向荣

爱的风铃已经 / 把炽热执着的憧憬 / 洒满继往开来的历程

清明又见菜花开

邵桂香

一

清明又见菜花开，朵朵迎风浪漫堆。
春献美姿由众赏，秋生果实美肴培。

二

杨柳依依紫燕回，清明又见菜花开。

游人如织春风醉,哪有黄花哪景魁。

三

遍野金波百岭嵬,美人蜂蝶尽相催。
清明又见菜花开,多少诗词吟诵来。

四

降风斗雪千山翠,盼雨迎春笑脸回。
万亩纵横藏丽影,清明又见菜花开。

瓷　瓶

姚强利

此刻 / 你静静地站在暗红色的台布上 / 天衣袭身 / 远古的花在你温润的手中 / 绽开了 / 羽化了所有的朝拜者

这是九月的正午 / 阳光与风分外透明活泼 / 肆意缠绵　偎依拨弄怀佩 / 丝竹朦胧而婉转 / 往事浩如烟海

门外 / 漆沮汤汤　兰芷青青　阳光炫目热烈　华原年少　宝马雕车如蜂蝶 / 在水一方 / 你泉一样地激涌 / 炭一样地心炽 / 泥土一样醇厚

饱含唐的盛大、丰盈、飞扬与宋的精巧绝伦 / 在天地间 / 款款而来

幽居金锁关

邹亚中

风沙千年吹不停/满目石山青/长河万古南北通/龙盘虎踞情

六郎洞里日月明/胡骑刀光应无踪/幽怨泪水搬转终/姜家令女怒有声

悬崖飞鸟怨恨生/青松翠柏为吾庭/但愿古恨随风去/只盼今怨流水中

桃花五部曲

郝文成

一　桃花美

桃曲河畔，花香两岸。

满目苍翠，流水潺潺。

一朵桃花鲜，绽放五六瓣。

十枝桃花艳，伴你把家还。

百树桃花开，千簇竞芬芳。

万亩桃园争相吐艳，繁花似锦尽映眼帘。

观今日之世外桃源，婀娜多姿锦绣华原。

二 桃花情

佳人姜竹桃[①],祖籍孟家原。才貌双全俏红颜,琴棋诗画歌舞伴。贤妻良母淑女娴,姐妹花丛她最艳。

爱比桃花倩,情深似海天。悠悠琴声乐怡然,翩翩舞步秀坤乾。同官古有孟姜女,华原今现桃花峪。

三 桃花韵

音乐王子钱义江[②],书香世家居苏杭。
吹拉弹唱歌舞敲,绘画书法诸艺强。
才子佳人爱无双,梁祝再世英名扬。
一蜂引得众花香,花红柳绿蝴蝶忙。
昔日校园是情侣,今朝舞台韵连理。
夫唱妇随人赞赏,兄妹同心众思量。

四 桃花梦

桃园万花竞相开,蜜蜂蝴蝶齐来采。
佳人执琴圆美梦,才子谱曲伴幽境。
爱到深处已失声,情临极致皆无语。
缘不会随意而来,分不会永远无期。

---

① 姜竹桃是长篇小说《桃花泪》女主人公。
② 钱义江是长篇小说《桃花泪》男主人公。

善待每一次相遇,珍惜每一份情缘。

当梦醒来,散落了一地桃花。

五　桃花泪

一曲《桃花泪》,哭醒梦中人!

雨蒙蒙、琴声惊天动地,泪涟涟、飞鸟泣涕如雨。

人世间、纵然梁祝再唱,小说中、难书爱情篇章。

读者欢言情爱故事,谁人知晓寓意情节。

微笑成章一世浩歌,愿吾友人一路安好。

拙文浅字愚钝篇章,诚请诸君指点一二。

三月的精灵

张爱斌

你——三月的精灵,在冰雪消融万花沉睡之时,于寒风中酝酿花蕾。在乍暖还寒万木萌发之际,于春风中吐露芳华。

你用粉红如烟的迷蒙为大山增添了浪漫。你用娇嫩鲜艳的花瓣使春雨亮丽如许。你——春天的使者,只盼用满腹的香郁和烂漫的花朵,装点人间美丽。

你——如一树火花般绚丽绽放,又如仙女散花般纷纷飘落。你——用毕生婀娜化作天边那一抹云霞,迎来那一树香甜丰盈的硕果。你——不求生得长久,只为把严寒中蕴藏的美丽绚烂地绽放出来!

在这桃花盛开的山冈

戴 曦

在这桃花盛开的山冈，/姜女——你睡眼惺忪地醒来；/一眨眼儿便进入了春天，/一眨眼儿便为我绽放出满树的花瓣儿。

这是两千二百年后的春天，/我在这美丽的山冈呼唤着你的芳名。/一朵花瓣儿就是一汪思念的泪水，/花的海洋就是人间爱情的海洋。/姜女啊——青春的花朵儿比火焰辉煌！/你爱情的魔水已深入花儿的骨髓。/在你曾经放歌过的山冈，/春天永恒的君临，/不能不使我钟情歌唱，/不能不使你在春光里——复活。/我将成为你传奇爱情的最后一位守望者！

爱情的守望者，/是我缤纷的思念与你芬芳的魂魄。/久久地伫立成烂漫山冈的姿态，/或生长成缤纷辉煌的桃花儿，/树的精血永恒地融入了你青春的激情。

——在山冈泛滥成灾，

——在每年春天的脚步里归来！

附录

孟姜女

宋·张扬

烈妇丛祠倚翠岑,哭城遗烈可悲吟。
秋霜劲节男儿事,何意天钟女子心。

姜女吟二首

宋·宋宗谔

一

竹叶含情缕缕青,菱花落涧自分明。
悲凉关月有时望,凄断巫云何处行。
双手拍来分岸迹,一泓涌出写幽贞。
可怜万杵长城怨,博得蛾眉几哭声。

二

九渊填郁地灵开,洒血濡枯辨骨骸。
走鹿未须警鹄怨,穷途不信有山回。

双钗紫气堪横斗,半袖清风送落梅。
函谷衡阳千载恨,行人只说泪泉隈。

题姜祠壁

明·杨巍

烈女山头还有庙,秦人塞上已无城。
经过莫听漆河水,犹似当年唈泪声。

真烈祠

明·白镒

真烈生祠傍石阿,芳名耿耿著诗歌。
寒衣千里情何极,夫妇三朝志不磨。
哭泪成泉今古恸,遗容范俗缙绅过。
纷纷男子应无算,扶植纲常孰与多?

题姜女祠三首

明·李汝圭

一

迢遥关塞为寻夫，一望长城骨已枯。
抱恨孟姜空断楚，贪功嬴政枉防胡。
千年气节还神护，万古纲常赖尔扶。
今日幽光殊振发，堂堂庙宇耀通衢。

二

江边镜石已千年，寂寞菱花竟弗然。
台土恍存登步湿，竹枝犹带泣痕鲜。
夫供城围辞兰浦，我送寒衣入渭川。
惆怅魂断中夜起，不堪牛女向河联。

三

夫君执役筑边城，偕老深盟共死生。
遗骨寻来梦已断，寒衣寄处泪先倾。
澧山台系无穷恨，秦壤泉哀不尽声。
今日偶经祠下过，不胜凄怆共乡情。

过哭泉祠

明·王崇古

一

姜女来千里，荒祠隔万山。
哭泉疑楚泪，刺竹似湘斑。
遗骨悲难返，贞魂苦未还。
漆川与江水，流恨日潺潺。

二

浍崖传手迹，回岭贮金精。
造化真怜节，山灵解护名。
塞垣今荡析，祠宇古峥嵘。
愈信扶苏事，天应报女贞。

孟姜女祠歌

明·王世懋

同官城边姜女祠,正史不传传口碑。
精灵疑是杞良妇,节概宁比华山畿。
秦皇昔日拒强胡,长城自谓千年图。
明年役罢祖龙死,亡国却是骊山徒。
空令白骨积城下,哀哀寡妇吁天呼。
当时埋骨知多许,独有贞名耀千古。
长城不祀蒙将军,儿童能道孟姜女。
吁嗟乎!
长城遗址犹可没,姜女之名终不灭。

题姜女祠二首

明·王图

一

贞心苦节凛清秋,云树苍茫洞壑幽。
钗影不缘岩石灭,手痕常傍岸沙留。

望夫台上千行泪，追骑山前万缕愁。
试看涧边东去水，而今犹带哭声流。

二

烈女祠堂隐翠微，凭虚欲问世相违。
不将丽质偕幽梦，徒使芳魂伴夕霏。
秦地只余心独冷，楚江应化蝶双归。
逐臣节妇千年恨，惆怅风前对落晖。

过节妇孟姜祠记

明·古燕扬

孟姜遗像倚山阿，漆水咽鸣似怨歌。
千里崎岖心独苦，三朝伉俪意何过。
当年贞烈坚于石，今日仪容故不磨。
卖国忘君弃秋草，若今对此愧颜多。

题姜女祠

清·袁文观

须眉千载感冯生,烈女芳踪独显名。
石镜分飞悲楚国,寒衣自剪泣秦城。
云笼坠堞无夫骨,地涌甘泉有哭声。
得到西崖心已死,独怜追骑苦归程。

过哭泉

田汉

古城荒祠断碣眠,当年姜女走三边。
关城万里功千古,不忘民间有哭泉。

民 谣 五 首

佚 名

孟姜女哭长城[①](一)

正月里来是新春，　家家户户点红灯，
别家丈夫团团圆，　孟姜女丈夫造长城。
二月里来暖洋洋，　双双燕子到南阳，
新窝做得端端正，　对对成双在华梁。
三月里来正清明，　桃红柳绿百草青，
家家坟头飘白纸，　孟姜女家坟上冷清清。
四月里来养蚕忙，　姑嫂两人去采桑，
桑篮挂在桑树上，　抹把眼泪采把桑。
五月里来是黄梅，　黄梅发水泪满脸，
家家田内稻秧插，　孟姜女田中是草堆。
六月里来热难当，　蚊子飞来叮胸膛，
宁可吃我千口血，　不可叮我亲夫郎。
七月里来起秋凉，　家家窗下做衣裳，
蓝红绿白都做到，　孟姜女家中是空箱。
八月里来雁门开，　花雁竹下带书来，

---

① 《孟姜女哭长城》又名《十二月调》，作者不详；也为黄梅戏。

闲人只说闲人话,哪有亲人送衣来。
九月里来是重阳,重阳老酒菊花香,
满满洒来我不饮,无夫饮酒不成双。
十月里来稻上场,牵笼做米成官粮,
家家都有官粮积,孟姜女家中空思想。
十一月里雪花飞,孟姜女出外送寒衣,
前面乌鸦来引路,范喜良长城冷清清。
十二月里过年忙,杀猪宰羊闹盈盈,
家家都有猪羊杀,孟姜女家中空荡荡。

孟姜女哭长城[①](二)

正月梅花是新春,家家户户挂红灯。
别人夫妻团圆会,奴的夫君修长城。
二月杏花暖洋洋,双双紫燕飞南墙。
燕窝修得端端正,对对双双绕画梁。
三月桃花是清明,桃红柳绿百草生。
家家户户都扫墓,范喜良坟上冷清清。
四月蔷蔷养蚕忙,姑嫂二人去采桑。
桑篮挂在树枝上,擦把泪水采把桑。
五月开花结黄梅,洪水流进秧田里。
家家户户忙插秧,孟姜女田里草成堆。
六月荷花满池塘,蚊子飞来叮胸膛。

---

① 同上。两首歌词系同一个调。

情愿吸奴千口血,莫叮奴夫范喜良。
七月凤仙秋风凉,家家户户做衣裳。
青红蓝绿都裁到,孟姜女房中是空箱。
八月桂花雁门开,鸿雁脚下把书带。
闲人只讲闲人话,哪有奴夫捎书来。
九月菊花九重阳,重阳美酒菊花香。
菊花美酒奴不饮,无夫吃酒不成双。
十月芙蓉稻上场,家家户户收粮忙。
千家屋里堆五谷,孟姜女家里是空仓。
冬月雪花满天飞,孟姜女千里送寒衣。
前面乌鸦来带路,哭倒长城千万里。
腊月蜡梅过年忙,杀猪宰羊闹嚷嚷。
有夫有主恩情在,孟姜女一路哭断肠。

孟姜女(一)

春季里来百花香,蝴蝶双双过粉墙。
有缘千里来相会,孟姜女巧遇范喜良。
夏季里来熏风吹,孟姜女园里重徘徊。
莲花并蒂成双对,恩爱夫妻两分开。
秋季里来草木枯,落叶飘零鸟归巢。
飞鸟还有巢可归,孟姜女好比落叶飘。
冬季里来雪花飞,孟姜女千里送寒衣。
途中历经万般苦,同命鸳鸯永别离。

孟姜女（二）

春季里来是新春，家家户户点红灯，
别人家夫妻团圆叙，孟姜女的丈夫去造长城。
夏季里来热难当，蚊子叮在奴身上，
宁愿叮奴千口血，莫叮我夫范喜良。
秋季里来菊花黄，丈夫一去信渺茫，
终朝思夫千万遍，深夜不宿我泪两行。
冬季里来雪花飘，孟姜女千里来送寒衣，
途中受尽千般苦，但愿夫妻要两相依。

十 哭 长 城[①]

一哭长城泪汪汪，点着银灯裁衣裳。
未从下剪铰，思量郎身量，
长短五尺寸，低头暗思量，
不如亲眼见，苦坏了小孟姜。
二哭长城泪纷纷，做就了寒衣停绣针。
搬过容花镜，替郎试试新，
不遂奴的意，不称丈夫心，
手托寒衣痛流泪，眼前哪有穿衣人。
三哭长城泪两行，清水洗手下厨房。

---

① 此歌系民间小调，作者不详，各地都有流传。

待吃长城面，为奴来赶汤，
待吃滋味好，加上姜和葱，
待吃咸和淡，为奴先尝尝。
吃什么好来道什么歹，眼含清泪哭下来。
四哭长城泪潸潸，身穿一身白布衫。
乌云盘龙髻，头戴雪花簪，
罗裙正八幅，麻绳三尺三，
扎点起来白似玉，点点珠泪湿布衫。
五哭长城泪满腮，手托寒衣出门来。
来此荒郊外，脚步实难抬，
风吹黄沙土，凉风吹奴坏，
眼望长城千万里，一步一声哭着来。
六哭长城泪盈盈，来此万里一长城。
来到城里头，一望无人踪，
不知丈夫在何处，喊了十声无人应。
七哭长城好心焦，三件寒衣一火烧。
就地刮旋风，离地三尺高，
左刮右边起，右刮左边飘，
知道丈夫真魂到，寒衣好歹捎去了，
我一年就是这一遭。
八哭长城泪啰唆，狠心丈夫你听着：
寒衣不随身，夜晚把梦托，
寒衣待改样，夜晚和奴说，
不和奴说和谁说。

199

九哭十哭长城泪交流，日落西山哭泪休，
祷告城墙你塌了吧，丈夫的尸首在里头，
哗啦啦城墙四下塌，塌出了尸首没有数，
咬开中指弹，鲜血往下流，
祷告丈夫你显灵吧，指头好了我好磕头。
下腰就磕头，转身就要走，
哪捞这样贤良女，哭到这里到了头。

后　记

乙未荷月，和谷先生受聘《孟姜女故里》丛书主编，嘱我搜集整理并收编有关孟姜女及桃花的诗歌，不胜荣幸。

牛郎织女、孟姜女哭长城、梁山伯与祝英台、白蛇传为中国古代四大民间传说。铜川流传最为广泛的是关于孟姜女的传说，且有遗迹可寻，不但有姜女祠、姜女泉，还有王益区孟家原孟姜女故居，更有每到春季便开满山野的灼灼桃花，无不使人浮想联翩。《桃花诗集》就是铜川本土对大秦帝国时代孟姜女文化的一种展示和诠释。

编辑这部诗集，我得到了广大诗词爱好者的支持，从市上到区县，从干部到群众再到身在外埠的铜川籍作家、诗人，都给予了热情的支持。这些作者包括了靳贤孝、郭平安、梁秀侠、朱文杰、刘平安、刘新中、黄卫平、秦凤岗、李月芳、刘爱玲、高转屏、党剑、董西学、赵立奇、王可田、王双云、李双霖等，其中有国内、省内知名的专家、作家，也有本土斯地的土著；有教师，也有学生；有机关干部，也有工矿职员；有离休职工，也有躬耕桃园的农民和个体经营者。或因孟姜女这个古老的故事流传广泛，版本也颇多，所收到的诗歌也是形式多样，律诗、词曲、新体诗，纷呈各异，也算是一种多元之"风"吧。《桃花诗集》所收的诗歌，大多来自本市区域内的宜君、印台、王益等地，所吟咏的也是各地所遗留的历史遗迹和传说，当然，以孟家原桃花最多。与历代遗留的有关孟姜女诗歌不同的是，把爱情跟桃花以及孟姜女联系起来的最为突出，大概是当今人们的心灵希冀所在吧。

古有《诗经》，源远流长。诗与情总是分不开的，而今所吟之声是乡愁，是大众对当下时代风气的一种自觉心理流露，也包含了对美好的赞誉和向往。这在将来或许是一个纪念和有社会文化意义的回顾，对当下也起到了净化精神空气的积极作用。集百家之言，彰一时之意，虽说篇幅较小，却流露出民意民风之所向。大约是孟姜女故事流行广泛，各地言语差异，方言以及发音的不同，譬如万喜良、范喜良、万杞良所指都是一人，本书中将其统一为范喜良。

诗集分"古原诗笺""灼灼其华""姜女幽魂""桃园情话""花映漆水"五辑，计三百四十多首。附录古人及名流诗词、戏曲唱词和民谣数首。感谢各位老师、诗人、文友的支持，我也算有个交代了。

赵建铜

2016年2月8日